夏の陰

岩井圭也

角川文庫
23148

目次

第一章　竹の檻《おり》

一

その一瞬、岳《がく》は人間ではない何かと対峙《たいじ》した。

汗がにじむ手のひらで木刀を握りなおす。左手小指で柄頭《つかがしら》を握り、残りの指は上からそっと載せる。

相対する男は岳と同年代で、通った鼻筋とくっきりとした二重の眼が印象的だった。隆起した首や二の腕の筋肉が、激しい鍛錬を物語っている。

まだ剣先も触れていなかった。相手は九歩の間合いにいる。岳が木刀を頭上に振りかぶると、相手も上段を取った。日本剣道形では、上位者の打太刀《うちたち》が先に動き、仕太《した》刀《ち》はそれに応じて動く。今は岳が打太刀だ。

板張りの床の上を音もなく素足が滑る。左足から踏み出せば、相手は右足から進む。勢いのついた摺《す》り足に、袴《はかま》の裾《すそ》がひるがえった。

岳は腹の底から声を発するとともに、相手の脳天めがけて木刀を振り下ろした。手加減はしない。

びゅっ、と風を切る音が鳴り、誰かが息を呑《の》んだ。

尖《とが》った切先が頭に食いこむ寸前、相手は半歩引き、すんでのところで木刀を避《よ》けると、すかさず前に出た。がら空きになった岳の頭部へと刀を振り下ろす。木製の刀身は眉間《みけん》のすぐ近くでぴたりと静止した。

打太刀の岳は、上目遣いに相手をにらんだまま一歩下がる。さらに一歩。相手がふたたび木刀を上段に構え、残心を取ったところで日本剣道形の一本目は終わる。中段の構えに戻し、互いに九歩の間合いへと後退する。

講師が間に割って入り、岳は木刀の切先を下に向けた。七段の講師は恰幅《かっぷく》のいい男で、右手に木刀をぶら下げている。

「はい、お疲れ様。一本目は、やるだけならここにいる人は誰でもできるでしょ。でも剣道形は所作を覚えていればいいってもんじゃないです。きっちりと気剣体を一致させること。パッ、パッ、とメリハリのない形なんかしたらあかんよ。決めるとこは決める、抜くとこは抜く。特に一本目は昇段審査では印象に残りやすいから、気ぃつけてください」

三十名あまりの参加者たちは、板間に腰をおろして話に聞き入っていた。

平安神宮《へいあんじんぐう》の西隣に位置する京都市武道センターでは、府内の主だった大会や講習会が開催されることが多い。日本剣道形の講習会が開かれているのは、本館にある補助競技場だった。

剣道四段の岳は、年内に五段への昇段審査を受けるつもりだ。審査は実技や日本剣道形などによって行われる。今日は剣道形の講習会に出席していた。

「たまにおるんが、へっぴり腰になる人。これは格好悪いから、注意してください。あと、形やからって真面目に打突せえへん人もいます。刀が相手の身体に届いてないと、見栄えも悪いです。その点、さっきの二人が見せてくれた一本目はよかった。腰も入ってたし、本気で打ちに行ってたからね。あれでいいんです」

話が一段落したところで岳は別の受講者と交代し、後方にあぐらをかいた。

視線を感じて振り向くと、仕太刀を務めていた男が少し離れた場所からじっとこちらを見ている。岳は慌てて顔を伏せ、相手の垂《たれ》を横目で見た。剣道形の講習会では、道着に垂だけを着装することになっている。垂には所属と名前を記した垂袋《たれぶくろ》をつけるのが通例だ。男の垂袋には〈京都府警〉と記されていた。姓は〈辰野《たつの》〉。

汗がこめかみを流れる。その姓に、思い当たる人物はひとりしかいない。

岳は対峙していたものの正体を知った。

それは、恐怖だった。

面立ちは似ていなかったが、たたずまいは彼を連想させた。父に撃たれ、岳の目の前で倒れた警察官。警察官には息子がいた。岳より三つ年下の息子が。

あのときの、警察官の息子――そうとしか考えられない。

理性が警告を発していた。あの男に近づいてはいけない。言葉を交わしてはならない。岳は平静を装い、講師の話に聞き入るふりをした。

他人の視線から隠れることには慣れている。思えばこの十五年、常に目立たないように過ごしてきた。注目を集めることは社会的な死を意味する。

一本ごとに立ち替わりながら、受講者たちが剣道形を披露する。講師も名前を見て代表者を選んでいるのか、下手な使い手はいない。それでも辰野の見せた形は受講者のなかで頭ひとつ抜けていた。迷いがなく振りが大きい剣道形からは、相当な使い手であることがうかがえた。もしかしたら特練生かもしれない。

いつまで経っても、胸騒ぎは鎮まらなかった。彼が自分に対して抱く感情は、想像に難くない。怒り。恨み。憎しみ。そこから生まれる復讐《ふくしゅう》心。殺意。あらゆる負の感情が、ひとかたまりとなって岳に覆いかぶさっていた。

仮に辰野があのときの警察官の息子だとして、ひと目見ただけで岳の素性がわかるはずがない。あれから長い年月が経った。姓も変わっている。手がかりがあるとすれば、父とよく似たこの顔だけだ。

講習会が終わり、受講者たちが散会したところで声をかけられた。

「倉内《くらうち》さん」

振り返った岳の目の前には辰野がいた。きっと今、自分はひどく怯《おび》えた顔をしているのだろう、となぜか冷静に思った。

「ちょっと、いいですか」

辰野の口調には動揺がにじんでいた。岳はその顔を直視することができず、横を向いたまま答えた。

「勘弁してください」

すばやく踵《きびす》を返し、足早に駆け去る。岳は木刀と一緒に壁際に置いていた荷物を手に取ると、後ろを振り向かず、道着袴のまま補助競技場を飛び出した。息を切らして走りながら、岳は確信していた。

――あの男は、俺が浅寄准吾の息子だと知っている。

知らず知らず、強く拳《こぶし》を握りしめていた。あまりにも強く握ったせいで、手のひらには四つの爪の跡が残った。

ハンドルを慎重にさばき、ブレーキを小刻みに踏みながら、ブロック塀にはさまれた裏道を抜ける。初心者ドライバーならまず敬遠する狭さだが、これが近道であることも、めったに人が通らない道であることも岳は知っている。難なく裏道を抜け、町内会の掲示板の前にトラックを停めた。

背の高いバンの車体には〈サワノ運送〉と大書されている。片隅にはトレードマークであるカモシカのシルエットが描かれていた。

段ボール箱の小包を手に、三階建てアパートの入口へ駆ける。移動は基本的に小走りだ。のろのろ歩いていると、いつ〈お客様からのご意見〉が入るかわからない。三階までの階段を一気に上り、目的の部屋のインターホンを押す。

「サワノ運送です。お届け物です」

二度、三度とインターホンを押しても家主は現れない。届け先の氏名を見たときから嫌な予感がしていた。再配達の常連で、日中はだいたい家にいない。宅配ボックスのような気の利いたものもない。仕方なく不在票を入れ、駆け足で車に戻る。別の小包を手に取って、近くのマンションへ向かう。

岳の一日はこの繰り返しだった。ドライバーの使命は、積まれた荷物をひとつでも減らすことだ。一日に百以上、季節によっては二百を超える荷物を届けなければならない。休憩を取ればその分、帰宅が遅れる。岳をふくめてほとんどのドライバーは、昼食の時間を惜しんで亀岡《かめおか》市内を駆けまわっている。

空は重苦しい灰色に染まっていた。上から分厚い雲の蓋《ふた》をかぶせられたようだ。家を出る前に見たテレビの情報番組では今日は降らないということだったが、明日は早朝から雨だった。雨が降ると荷物にいっそう気を配らねばならない。

それでも、この仕事は嫌いではなかった。ドライバーしか知らないからだと言われればそれまでだが、デスクワークのような集中力を要する仕事が務まるとは思えないし、飲食やサービス業ができるほどの愛想は持ち合わせていない。

拘束時間は長いし、身体は疲れる。しかし休みが取りやすいのは、剣道をするうえで好都合だった。ルートはほぼ毎日同じで、いちいち効率化を考える必要すらない。年々増加する取扱点数には閉口するが、仕事の量が増えただけで質はさほど変化していない。

時おり配達先から「遅い」「荷物がつぶれている」「愛想がない」などと面と向かって罵《ののし》られることがある。クレームに耐えられず辞めていく者も少なくないが、これも岳にとってはたいしたことではなかった。

本当なら、岳は十二歳のときに人生を終えていた。すでに人生の本編にはピリオドを打っている。あの日以降の生活は、長すぎるエンドロールのようなものだった。

その日もマンションの一室に住む中年の男性から因縁をつけられた。うっとうしい前髪を垂らした四十がらみの男で、眼鏡のレンズは脂で曇っていた。スウェットの上下を着た男は再配達の常連だ。ようやく捕まった男に通販サイトの小包を差し出すと、彼はそれを受け取ろうとせず、豆粒のように小さな眼を岳に向けた。

「わざとやってんの?」

声を聞いたのは初めてだった。上ずった高い声が耳に障る。岳が答えずにいると、男は質問を続けた。

「自分、わざとやってんのかって訊《き》いてんの。いつも俺が家におらんとき狙って来てるやろ。変な嫌がらせしよって。わかってるんやろ、俺が平日の昼間におらんってこと。来るなら夜に来いや。ちょっとは考えろや。なぁ、聞いとんか」

岳は顔面の筋肉をぴくりとも動かさず、男の言いがかりを受け止めた。言葉が尽きたところですかさず頭を下げる。

「申し訳ございません」

それで気が済んだのか、もしくは岳の体格に気圧《けお》されたのか、男の言いがかりはそれで終わった。

「気ぃつけろや。名前、覚えたから。倉内さん」

男は小包を奪い取り、いたずら書きのようなサインを残して扉を閉めた。岳の心にはさざ波ひとつ立たない。すかさず踵を返して次の配達先へと駆けだした。

その気になれば、集配の仕事もトレーニングになる。走るときは体幹を意識し、階段は一段ずつテンポよく駆け上がる。荷物は腕だけでなく肩の筋肉で持つ。腰から背中、首筋にかけて一直線になるよう下腹に力をこめる。

岳にとっては生活のすべてが鍛錬だった。

いったん車に戻り、別の荷物を持って隣のマンションへ行く。ここには内階段がない。一階でエレベーターを待っていると、ホールにある姿見が視界に入った。やや疲れたドライバーが鏡に映っている。

ポロシャツは濃いグレーと白のボーダー柄で、チノパンは薄いベージュ。キャップはライムグリーン。三年前に一新された制服は野暮ったい印象だが、それに文句を言う者はほとんどいなかった。制服が何色になろうが、仕事の内容は変わらない。

制服のデザインにケチをつけたのは営業所でひとりだけだった。大学生のアルバイトで、入ってまだ一週間の新人。彼は昼食の弁当を食べながら「地味っすよね。軍服みたい」とピンとこない批判をしていた。岳は肯定も否定もせず、黙々と食事を続けた。彼は一か月で音を上げ、勉強が忙しくなったという理由であっさりと辞めた。

アルバイトが辞めていくのはよくあることだ。というより、半数近くのアルバイトが三か月以内に去っていく。一方ではここにしか居場所がない者もいて、三年や五年働く古株もいる。古株は中年以上の男性が多いが、なかには若い男や女性もいる。

彼らのなかには過去を語りたがらない者もいる。営業所のアルバイトに必要なのは中卒資格だけだ。職歴や過去は関係ない。運転免許がなければドライバーは無理だが、仕分けの仕事なら資格はいらない。体力があればたいていは採用される。後ろ暗いところを抱えた者がいるのも不自然なことではない。

岳も、自分の来歴を職場で明かしたことはなかった。

エレベーターの扉が開くと、目の前に十歳くらいの男の子が立っていた。Tシャツに半ズボンを穿《は》いた彼は、右手に玩具《おもちゃ》の水鉄砲を握りしめていた。プラスチック製の、半透明の銃だった。

冷気が背中を駆けのぼる。

思わず、岳はその場に立ち尽くした。足を踏み出そうとするが、硬直したまま動かない。棒立ちで冷や汗を流す岳を不思議そうに眺めて、水鉄砲を持った男の子はどこかへ立ち去った。

玩具でも、銃は苦手だった。テレビドラマに銃が登場するだけで寒気が走る。銃と名の付くあらゆるものは、岳にあの事件を思い出させた。どれだけバカにされても、本能が銃を拒絶する。本物の拳銃《けんじゅう》をつきつけられたことがない限り、他の誰にもこの気持ちはわからないだろう。

日が暮れきる直前、駅の南にある〈植木《うえき》武道具〉を訪れた。店の前に車を停め、正面のガラス扉を押し開けた。

「お疲れ様」

先に声をあげたのは店番をしていた優亜《ゆあ》だった。店主の植木に似た愛嬌《あいきょう》のある顔で、高校生ながら客への対応も堂々としている。植木やその妻が店を空けるときは、たいてい優亜が店番をまかされていた。

「あっついな」

岳が受領証を差し出すと、優亜はネーム印を押した。

「部活は？」

優亜は高校の剣道部で週四日の稽古《けいこ》をこなしつつ、地元の剣道クラブにも通っている。〈亀岡剣正会《けんせいかい》〉というクラブは、岳の所属先でもある。

「テスト期間は休み。この間、稽古のときに言うたやん」

「そうやっけ」

岳は車に戻り、荷台から緩衝材に包《くる》まれた竹刀の束を抱えあげた。店内へ戻ろうとすると、優亜が扉を開けてくれる。「どうも」と口走り、のれんの奥に進んだ。ぶつかり合ってささくれができるのを防ぐため、作業机に慎重に竹刀を置く。

店を立ち去ろうとすると、優亜の声が追いかけてきた。

「お茶、飲んでったら。汗やばいで」

ポロシャツの背中はぐっしょりと濡《ぬ》れているが、寄り道している暇はない。荷物はまだ残っているのだ。「時間ないから」と答えると、優亜はガラスケースの上を指さした。麦茶の入ったグラスが置かれている。あらかじめ用意していたらしい。

「ちょっとだけ飲んでいき」

押し切られる格好で、岳はグラスに口をつけた。冷たい麦茶が身体に染みる。

「岳さん、国体出ぇへんの？」

六月下旬に開かれる国体京都府予選は、すでに申し込みの締め切りを過ぎていた。岳は優亜の問いに、目を合わせず「出んよ」と答える。

「じゃあ、全日本予選は。そっちやったら間に合うやろ。締め切りまだ先やで」

武道具店の娘だけあってよく知っている。岳は今度は黙ったまま首を振った。

「なんで。出たら優勝できるのに」

「無理やって。仕事の都合」

面倒な質問にはこう答える癖がついてしまった。優亜はこれ見よがしにため息を吐く。

「絶対、嘘やろ。ごまかさんといて」

「ごちそうさま。おいしかったわ」

「あたしは国体で代表になるし。っていうか、なんなら優勝するけど」

優亜は腰に手をあて、毅然《きぜん》とした表情をつくった。高校生の優亜が出場する少年女子の部では、リーグ戦とトーナメントで府代表を決定する。最近まで〈うち〉が一人称だったのに、いつの間にか〈あたし〉になっていた。

「岳さん、応援来てな」

「ああ、行くわ」

岳は片手を挙げて優亜をいなすと、今度こそ店を出た。

優亜は岳の家族を知らない。父が何者で、何をしでかしたのか。それを知ってなお、彼女は大会への出場を勧めることができるだろうか。

岳が営業所に帰着したのは午後九時半だった。間食にデニッシュを食べたおかげで空腹はまだ我慢できた。サワノ運送亀岡中央営業所はＪＲ亀岡駅の北側、徒歩十分圏内にある。市内では最大の営業所で、京都府内でも取扱点数は多いほうだ。

「戻りました」

営業所のスライドドアを開けると、受取カウンターの向こうに数名の契約社員たちと所長がいた。営業所の所長を務めるのは四十代の男性社員だ。所長は三、四年おきに交代するのが通例だが、今の所長は五年目だった。小太りの体型はドライバー出身には見えないが、愛嬌《あいきょう》は備わっている。その所長がいつになく厳しい表情だった。

「倉内。ちょっと」

所長は目が合うと、岳に手招きをした。そのまま所長室という名の小部屋に連れていかれる。六畳の室内は二脚の椅子とテーブル、書類棚でいっぱいだった。

先ほど契約社員たちが集められていたことから、岳には呼ばれた理由が予想できた。

テーブル越しに対面した所長は単刀直入に切り出す。

「知ってるやろけど、フルタイムの契約社員は正社員として採用することになった」

予想は当たった。

不足する人材を確保するため、会社が雇用制度の変更に踏み切ったことは大きく報道されている。大半の契約社員にとっては朗報だろうが、岳には憂鬱《ゆううつ》の種だった。

「どうしても、ならんとダメですか」

「例外はない。ただでさえ、倉内は年数が長いんやから目立つやろ。今回ばかりは従ってもらわんと困る」

所長の口ぶりは頑《かたく》なだった。

この営業所で群を抜いて在籍年数が長いのは岳だ。十七歳から働いて、今年で十一年目になる。アルバイトから契約社員になったのは二十歳《はたち》のときだった。今の住所へ移転する前は駅からもっと遠かったのだが、そのころから働いている社員は岳だけだ。

これまでに正社員の誘いは二度あった。一度目は契約社員となってから丸二年を迎えた二十二歳のとき。二度目は昨年の夏。いずれも岳は断った。口調の強さは、辞退というより拒絶という印象を与えたかもしれない。

「なんで嫌なんや。喜ぶところやろ、普通。ボーナスも出るし、福利厚生やって」

「すみません」

「他のみんなは同意したんやで。あとはお前だけや」

所長は椅子の背もたれに身体を預けた。ぎっ、ときしむ音がする。

「どうしてもってことやったら、パート勤務にしてください。パートなら正社員登用は強制と違うんでしょう？」

「収入ガタ減りやで。それに、こっちとしては倉内に働き続けてほしいから正社員の提案をしてるわけやん。お前は主力のなかの主力やで。これからもガンガン働いてほしいのに、パートで配達点数減らしてどうすんねん」

所長は眉《まゆ》を八の字にしてみせた。客観的に見て、岳は配送個数が計算できる貴重なドライバーだった。休みを取ることは少ないし、身体の不調もないし、配達も速い。管理職の立場なら手放したくはないだろう。

事情は理解できても、正社員になることには強い抵抗感があった。正社員という立場には、社会の正式な一員として認められる存在なのだという意味が込められているような気がした。自分のような人間が、正社員になるべきではない。それが、岳が拒否し続ける理由だった。

このままでは、退職という選択肢が現実味を帯びてくる。

「会社にとっては長年働いてくれるだけでも、ありがたい存在やねん。しかも、まだ若いやろ。これから頑張れば、ドライバーより給料のいい仕事もできるかもしれん。地方の営業所やなくて、支社か本社にもいけるかもしれんぞ。な。ここだけの話、お前が正社員になってくれたら人事評価は悪いようにせん。約束する。そうや、剣道やってるって言うてたな。正社員なら本社の剣道部にも入れるし、出世できるで」

所長はふっくらした顔にほほえみを浮かべている。岳はこの作り笑いを何度か見てきた。相手を懐柔するときに見せる表情だ。

――実は、殺人犯の息子なんです。

そう告げた後でも、所長が笑顔で同じ台詞《せりふ》を口にしてくれるとは思えなかった。

七畳のワンルームは家賃五万二千円、敷金礼金なしという条件で借りている。家具の少ない室内では、竹刀と防具袋が存在感を放っていた。

仕事から帰った深夜。日課の素振りを終え、すでに食事と風呂《ふろ》は済ませた。岳は薄い布団に寝て、正体のわからない天井の染みを眺めていた。頭のなかに、優亜の言葉がよみがえる。

府内で開催される剣道大会のなかでも、六月の国体予選と八月の全日本予選は注目度が高い。

　例年秋に開かれる国体の本戦は、都道府県別にチームを組んで優勝を争う団体戦だ。少年男女と成年男女の四部門があり、六月の予選は京都代表のメンバーを決める大会になる。仮に岳が出場するなら成年男子の部になるが、自分がチームの一員として試合をする姿など想像できない。

　一方、毎年十一月三日に開催される全日本剣道選手権は個人戦である。各都道府県の予選会を勝ち抜き、代表の座を勝ち取った選手が集う国内最高峰の大会だ。全国トップクラスの精鋭が鎬《しのぎ》を削り、上位の試合はＮＨＫで全国に放映される。京都府の代表枠は一名で、八月の終わりに行われるトーナメント形式の予選会で優勝した者が代表になる。

　その予選会が、およそ三か月後に迫っていた。

　京都府の予選会は地方のテレビ局で放映され、何千人、何万人の目にさらされる。もし出場すれば、岳の顔と名前が京都全域に放映されることになる。

　岳とは一生、無縁の世界だった。実力以前の問題だ。そういう日なたの世界に出てはいけない。日の当たる場所に出れば、影はより濃く見える。光を浴びて生きていくことは、岳には許されていない。

　天井の染みを隠すように手のひらをかざした。骨ばった、ごつごつとした手の甲。

この手が、最後に誰かの身体に触れたのはいつだったか。どんなに竹刀を握るのが得意でも、人とつながることができない手のひらに、いったい何の意味があるのだろう。今までずっと、息を殺して生きてきた。あまりにも息を殺す時間が長かったせいで、呼吸の仕方を忘れてしまった。

静かな夜だった。照明を消してみると、まるで深海にいるようだった。できることなら、このまま闇のなかに溶けてしまいたかった。

自分の手の甲も見えない闇のなかで、人影がぼんやりと浮かび上がる。

講習会で対峙した辰野という男だった。

岳は息を呑んだ。気づけば、日本剣道形がはじまっていた。自分は仕太刀だった。辰野が打太刀だ。岳の身体は木刀を構えたまま動かない。今すぐ動き出さなければならないのに、岳の関節は縛られたように言うことを聞かない。

左上段に構えた辰野はあっという間に距離を縮めてくる。その眼は爛々《らんらん》と輝いている。よく見れば、辰野が構えているのは木刀ではなく真剣だった。闇のなかだというのに、白刃がぎらりと光る。岳は動けない。穴という穴から冷や汗が噴き出す。辰野は獣の本性を見せていた。獲物を斬り殺す機会を、十数年も待っていた獣。端整な顔が凶暴に引きつり、金縛りにあった岳の脳天に刃《やいば》を振り下ろす。

真っ赤な血しぶきが噴き出す直前、岳は目覚めた。

首筋が汗でびっしょりと濡れている。喘《あえ》ぐように息をして、必死に腕で空気をかいていた。照明をつけるとそこは見慣れたワンルームだった。辰野はもちろん、自分以外の人間など誰もいない。

最近、辰野に斬り殺される夢を見る。

たった一度会っただけなのに、彼の存在は岳にとって日に日に大きくなっていた。辰野の影は心の健康を蝕《むしば》み、岳が長年かけて築いてきた生活のリズムを崩そうとしている。

彼とまた、どこかで出会うような気がしてならない。

いったん目が覚めると、もう寝付けなかった。明日は燃えるごみの日だった。ごみ袋をまとめておこうと思い、カレンダーで曜日を確認する。

あ、と声が漏れ、続いてため息が出た。今日が十日であることを思い出したのだ。毎月十日は給料日であると同時に、送金日でもある。誰に言われたわけでもないが、自分でそう決めていた。

躊躇《ちゅうちょ》する時間ももったいなかった。岳は二つ折りの財布を手に、自宅を出た。夜道には湿気た空気が漂っている。足につっかけたサンダルの底が地面とこすれ合う音を聞きながら、コンビニまで歩いた。

夜更けの店内は白々しいくらいに明るい。立ち読み客の後ろを通ってATMの前に立ち、登録した地方銀行の口座を呼び出す。名義は倉内香奈子《かなこ》。いつものように三万円を振りこみ、ついでに朝食のパンを買うことにした。

レジの男性店員に品物を突き出す。値段が読みあげられている間、岳はじっと顔を伏せている。他人を前にすると顔を伏せるのは習性だった。

「温めますか」

不意のひと言に、思わず視線を上げた。一瞬だけ店員と視線が合う。男は五十歳くらいだった。どんよりと濁った眼をこちらに向けている。慌てて顔を伏せる。

「いらないです」

会計を済ませ、受け取ったビニール袋をのぞきこむ。コロッケパンのパッケージに〈温めてもおいしい！〉と表示されていた。

店員の濁った眼が、いつか香奈子が見せた眼と重なる。

——もう無理や、岳。

あのとき母は泣いていなかったが、顔には深い陰影が刻まれていた。陰の濃さが苦悩の深さを感じさせた。もしかしたら岳も同じ表情をしていたかもしれない。

——死にたい。

香奈子の声が耳の奥でこだまする。母は本当に死ぬつもりだった。

その残響は今でも消えていない。

開け放された扉から爽《さわ》やかな風が吹きこんできた。風が首筋や足元を撫《な》で、汗ばんだ皮膚に涼しさを運ぶ。岳はあぐらをかいて体育館を見まわしていた。今は中休みの時間だ。

この日の稽古は、駅の南側にある中学校の体育館で行われていた。亀岡剣正会には自前の道場がないため、いつも近隣の体育館を借りて稽古をしている。上座には代表の柴田《しばた》と副代表の植木、年長の参加者が座り、下座には中学生以下の生徒たちが座っている。喜寿の近い柴田はほとんど指導をせず、実質的に指揮を執っているのは植木だった。

岳と高校生の優亜は上座の端に陣取っている。高校生以上は上座につくのがこのクラブのルールだった。小中学生がメインの亀岡剣正会で、高校に進学してからも稽古に来ているのは優亜くらいだった。

「今日は風がある分、涼しいな」

何気なく言うと、隣で竹刀の中結《なかゆい》を直していた優亜が振り向いた。

「去年の国体代表って、みんな三年生やってんて」

月末に国体予選を控え、優亜は神経をとがらせている。本気で国体メンバー入りを狙っているらしい。

「二年生で代表入ったら、目立つかな」

　ぽつりと言ったのは、彼女の本気の表れだろうか。優亜はまだ高校二年だが、その身体能力を考えれば代表に入ることはありえないことではない。打突の速さやバランス感覚のよさで群を抜いている。ただ、中学まではフィジカルだけで勝てたかもしれないが、高校では技術がないと苦しいだろう。彼女には決定的な弱点があることを、岳は知っている。

生徒たちは水分を補給したり、トイレに行ったり、防具の手入れをして過ごしているが、休憩時間が終わりに近づいてくると、自然と防具を置いた位置に戻ってくる。再開時刻には全員が着座していた。

「着装」

リーダー役の中学生が号令をかけ、生徒たちは一斉に面をかぶる。

武道具店の主《あるじ》である植木は以前「剣道は夏暑く、冬寒い」と冗談混じりに言っていた。厚手の道着袴に胴と垂をつけ、両手には甲手《こて》をはめ、頭には面をかぶる。この格好で稽古をして、夏に暑くないはずがない。冬は冬で、冷たい板張りの床を素足で踏み、道着袴の隙間から忍びこむ冷気に耐えなければならない。

「それでも辞められへんのやから、因果なもんやな」

植木はごま塩頭の丸顔に笑みを浮かべて、そう言っていた。

岳は生徒たちの誰よりも早く面をつけて立ち上がった。隣で優亜がぼそりと「大人げない」と言ったが、聞き流す。面紐《ひも》を結んでいる柴田の前に立った。

ここからは地稽古だ。地稽古は、互いに相手をつくって実戦形式で行う。どちらかが掛かり手となって一方的に相手を打つ打ちこみ稽古とは違い、地稽古では対等な立場で一本を取ることを競う。

柴田と植木はふたりとも七段だったが、柴田の実力は最高位の八段に相当すると岳は思っている。若いころは実業団の選手として活躍したらしいが、三十代後半の若さで七段に合格してから四十年間、昇段審査を受けていないらしい。岳が理由を尋ねると、柴田は「段位に興味なくなってん」とだけ答えた。

面紐を結んだ柴田は竹刀を携え、ゆっくりと立ち上がった。小柄な体格だが、背筋が伸びているせいか貧相には見えない。ほとんど膝《ひざ》を上げず、足の裏が床に吸い付いたような歩き方だった。九歩の間合いまで近づいたところで、岳は頭を下げた。

「お願いします」

竹刀を抜いて中段に構え、つま先立ちで膝を折る蹲踞《そんきょ》の姿勢をとる。どちらからともなく立ち上がり、岳は気勢を声にして発した。

中段の構えから剣先で圧力をかけつつ、徐々に間合いを詰めていく。柴田の構えがわずかに崩れたように見えた。とっさに岳は踏みこむ。竹刀が宙を切る。風が鳴り、勢いよく竹刀が振り下ろされる。

しかし、面に達する寸前で防がれた。柴田の剣先は勢いをつけてひるがえり、そのまま岳の面を叩《たた》く。

岳は舌を巻いた。これが、七十代も後半に差しかかった人間の打突だろうか。

後退して距離を取り、掛け声を発する。体育館の空気が震えた。柴田は隙のない視線を岳に注いでいる。

竹刀を構えたまま、柴田は彫像のように微動だにしない。

汗がくるぶしを伝って足の裏に流れる。滑らないよう注意しながら摺り足で接近し、柴田の気配に意識を集中する。技の〝起こり〟は必ずどこかに生じる。そこを捉《とら》えるのが岳の狙いだった。

また、風が吹いた。

風に背を押されるように、柴田の左足が動いた。絶好の起こりを逃さず、岳は腕をしならせる。前に出ようとした柴田の右甲手を叩き、油断なく残心を取る。おお、と誰かが喚声をあげた。

「ありがとうございました」

柴田との地稽古を終えると、生徒たちが我先に集まってきた。

「次、お願いします」

最初に声をかけてきたのは優亜だ。

竹刀を構えてすぐ、苛立《いらだ》っているのがわかった。優亜は相手を威嚇するように、剣先を上下左右に振っている。

ふいに剣先がぴたりと止まり、次の瞬間に優亜が跳んだ。岳は半歩下がってあっさり打突をかわし、無防備な面を容赦なく全力で叩いた。優亜は渾身《こんしん》の一撃を返されたことに落胆したのか、うなだれてしまった。

彼女の弱点は、技の起こりがあまりにもわかりやすいことだった。打突の直前、必ず剣先や足の動きが止まる。ひどいときには身体が沈みこむ。これでは、相手に「これから打ちますよ」と教えているようなものだ。出頭《でがしら》に面や甲手を叩かれるのは当然だった。

何度か打ちすえると、優亜の頭に血が上るのがわかった。ふたたび剣先があちこちへ動き、余計に起こりが目立ってくる。岳は軽々と面を打ちすえたが、優亜はかまわず攻めてくる。仕方なく面を空けてやると、大きく身体を沈めてから打った。本人も納得していないらしく、首をひねっている。すかさず優亜を呼び止めた。

「その癖直さんと、試合で勝たれへんぞ」

「わかってるって」

不機嫌を隠そうともせず、優亜は竹刀を納めた。

いくら才能に恵まれていても、それを最大限活用する意思が本人になければ意味はない。他人の指導を拒み続ける選手に成長はない。

優亜には、これと信じると頑なになるところがある。指導者や先輩に言われたことでも、間違っていると判断すれば耳を貸さない。

夕刻に稽古が終わり、いつもよりわずかに身体が重いことに気づいた。筋肉痛かもしれない。ウエイトの重量を増やしたせいだろうか。

午前中は運動公園のトレーニングルームでウエイトをこなしてきた。バーベルを使ったスクワットやランジで下半身を中心に鍛える。筋力トレーニングは剣道選手にとって有効だというのが岳の持論だった。当然、素振りや稽古をすることが前提だが。

舞台の裏手で私服に着替えた岳は、柴田に呼び止められた。

「メシでも行くか」

断る理由はない。柴田が道着袴から着替えるのを待ち、ふたりで連れ立って体育館を出た。植木は用事があるらしく、優亜と一緒に早々に帰宅した。

ワインレッドのセダンは柴田の愛車だった。シックな印象は柴田によく似合う。トランクに竹刀と防具袋を積みこみ、柴田がハンドルを握った。岳は助手席に滑りこむ。岳が運転を申し出たことは今までに何度もあったが、柴田は「運転好きやから」と譲らない。

柴田が住むマンションの駐車場にいったん車を停め、近くの焼鳥屋まで歩いて行くことになった。アクセルを踏みながら柴田が言う。

「仕事はどうや。忙しいんちゃうか」

「別に変わらないです。忙しいといえば……そうですけど」

正社員の件は柴田に話していない。もう二十七歳だ。柴田は父親のように面倒を見てくれるが、それくらいは自分で決められる。

速度を落としたセダンは歩行者の多い通りを行く。竹刀袋をかついだ中学生たちが、歩道からはみ出て歩いていた。柴田が軽くクラクションを鳴らすと、一斉に振り向いた。慌てて歩道に寄った彼らは、運転席の柴田に気づくと頭を下げた。

「今の子たちも知り合いですか」

「駅の向こう側にある中学の子らや。今年から教えに行ってる。今度、行くか？」

柴田は府内のいろいろな場所にボランティアとして出向き、剣道を教えている。亀岡市内の中学校や高校はもとより、請われれば府の北部にまで足を運ぶ。頻繁に訪れるのは南丹《なんたん》や舞鶴《まいづる》だった。岳も何度か、柴田に付き添って指導に行ったことがある。

「奥さんはお元気ですか」

「それこそ変わらんよ。毎日、働きに出とる」

柴田の十歳下の妻は呉服店の店員で、今も売り場に立っているらしい。岳も何度も会っているが、意志の強さを感じさせる、品の良い女性だった。夫妻に子どもはいない。

岳は何度か、柴田夫妻の自宅で食事をしたことがあった。柴田の妻が用意してくれた揚げ物や刺身はどれも、舌になじんでおいしかった。「柴田さんは料理しないんですか」と岳が尋ねると、妻が「この人は包丁、握られへんから」と言った。

マンションの駐車場にセダンを停め、焼鳥屋に向かった。いらっしゃい、という大将の声に迎えられ、カウンターに腰をおろす。客は五分の入りといったところだった。ほどよいざわめきが会話しやすい雰囲気をつくっている。

瓶ビールを注ぎあい、グラスを軽くあてる。きん、と控えめな音が鳴った。同時に口をつけ、黄金色の液体をからからの喉《のど》へ流しこむ。

「うまい。やめられへんな」

柴田は破顔した。普段は笑顔が少ないが、酒を飲んだときだけは顔が緩む。

カウンターで酒を酌み交わす男ふたりは、傍《はた》からは父子《おやこ》に見えるかもしれない。想像すると、岳の表情もついやわらかくなる。

「よく思うんです」

「何をや」

「柴田さんが本当の父親だったら、って」

初めて出会ったときから何度、そう思っただろう。もしも柴田の息子として生まれていれば、後ろめたい思いをすることもなく生きることができた。剣道には熱中していなかったかもしれないが、幸せな人生を送るほうがずっと大事だった。

もっとも、あくまで妄想でしかない。岳の生物学上の父は浅寄准吾《あさよりじゅんご》であり、浅寄が十五年前に殺人を犯したことは動かせない事実だ。

無表情のまま、柴田は何も答えなかった。塩で味付けした焼鳥が運ばれてきた。脂の焼ける香ばしさが鼻腔《びこう》をくすぐる。

「あれから、辰野と連絡取ったりしてへんやろな」

岳は串《くし》に手を伸ばした。講習会での一部始終はすでに話してある。

「してませんよ」

横目で店のなかをうかがう。カウンターにはふたりだけ。座敷の客は会話に夢中でこちらのことなど気にも留めていない。無口な大将は離れた場所で串を焼いていた。

岳はグラスのビールを注ぎ足す。柴田は真顔で肉を外した串をつまみ、とがった先端を皿に押しつけてつぶした。

「近づくな。向こうはきっと、お前のこと逆恨みしとるから」

講習会で声をかけてきた辰野は、岳に何を話そうとしていたのか。気持ちのいい話でないことは容易に想像できる。

被害者の息子が、加害者の息子に前向きな感情を抱いているとは思えない。

話題は優亜のことに移った。国体予選の応援に行くつもりだと言うと、柴田は苦い顔をした。「行かんほうがええんちゃうか」

「なんでですか」

「たぶん、辰野が来る」

今日はどうしても、そこに話題が戻ってしまう。なぜ柴田にそんなことがわかるのか。尋ねる代わりに岳は沈黙した。柴田は「去年の」と言って、言葉を区切った。

「辰野は去年の代表や。きっと今年も出てくる」

柴田は例年、審判として国体予選に参加している。当然、昨年の結果も知っている。

「どうして黙ってたんです」

「言う理由がないやろ。お前は二度と、あの事件とかかわる必要はない。忘れろ」

岳はビールを口に運んだが、何の味もしなかった。

「もし、自分じゃどうにもできない不幸が起きたら、柴田さんならどうしますか」

今さらとも思える質問だったが、今だからできる質問でもあった。柴田はなぜか怒ったように答えた。

「逃げるしかないやろ」

しわがれた声は、岳の意識に溶けていった。期待した通りの答えだった。

亀岡に来たときのことは、今でも鮮明に思い出すことができる。

その日の朝、十七歳の岳は小学校から使っているリュックひとつで舞鶴を出発した。荷物はあらかじめ発送していたし、わずかな衣類と剣道具の他に持ち物などなかった。特急なら一時間ほどで来られたが、できるだけ電車賃を浮かせるために鈍行と急行を乗り継ぎ、二時間かけてたどりついた。

亀岡駅の改札前では、ふたりの男が待っていた。一方は柴田だが、もう一方の四十歳前後の男は初めて見る顔だった。髪は短く刈りそろえ、機嫌よさそうな笑みを浮かべている。背は低いが、がっちりとした体格だった。柴田の知り合いなら、きっと剣道の経験者だろう。岳はおずおずとふたりに近づいた。

挨拶《あいさつ》を交わすと、柴田が紹介してくれた。

「こちら、植木さん」

植木の名は柴田から何度か聞いたことがあった。亀岡剣正会で副代表を務めている、武道具店の店主。植木は分厚い右手を差し出す。岳がそろそろと手を握ると、植木は力強く握り返した。手のひらから温かさが伝わってきた。

「はじめまして、倉内くん。なかなか強そうやな」

どう答えていいかわからず、岳はうつむいた。

柴田の運転する車で、駅から不動産屋へ移動した。岳の転居先となるアパートの一室は、あらかじめ柴田が探してくれていた。決め手は家賃の安さと、稽古の場となる中学校や小学校が徒歩圏内にあることだった。不動産屋で鍵《かぎ》を受け取り、三人で部屋に入る。

ワンルームの部屋は空っぽだった。発送した荷物はまだ届いていない。岳がリュックの荷物を整理している間に、植木が弁当を三つ買ってきてくれた。ちょうど昼食時で、三人は床に車座になって弁当を食べた。フローリングの床はひんやりとしていた。他人と一緒に食事をとるのは久しぶりで、緊張のせいか正座を崩すことができなかった。

弁当を食べ終えたころ、柴田が神妙な表情で切り出した。

「植木さんには、岳の父親のことは伝えてある」

植木も険しい表情で、空になった弁当のプラスチック容器をにらんでいた。嫌な気分はしなかった。柴田が信用する相手ならかまわない。

「岳の過去については、誰にも口外せん。たとえ家族でも、そのことは話さんと約束する。植木さんも約束してくれた」

「家族でも、ですか」

「噂はどこから広まるかわからんからな」

柴田は真顔だった。

「全部知ったうえで、植木さんも岳のことを支えたいって言うてくれてる。ここで生活するにはわからんこともあると思う。何かあったら私らに相談してくれたらええから」

岳は嬉《うれ》しさよりも、罪悪感を覚えた。殺人犯の息子とかかわってもろくなことはない。柴田だけでなく、植木までも厄介ごとに巻きこんでしまった。彼らに迷惑をかけないよう、できる限りひっそり生きていこう、と決めた。

正座のまま、フローリングに額がつきそうなほど頭を下げる。

「ありがとうございます」

「そんな、かしこまらんでええから。よろしく」

植木は快活に笑ってみせる。柴田の顔つきは、凪《な》いだ水面《みなも》を思わせる穏やかなものだった。

その日は夕刻から、亀岡剣正会の稽古があった。

「見てるだけでもええから、顔出してみ」

柴田に誘われれば岳には断れない。それに、これからどんな場所で稽古することになるのかも気になる。稽古の場所である中学校までの道のりを教えてもらった。

夕方、岳は届いたばかりの防具袋をかついで中学校まで歩いた。グラウンドには練習を終えた野球部員らしき少年たちがたむろしていた。その片隅にある体育館からは、はしゃぐ子どもたちの声が聞こえる。初対面の人と会うときは、たとえ子どもでも緊張する。むしろ子どもほど、相手のまとう雰囲気に敏感だ。

おそるおそる体育館に入ると、広い出入口のすぐそばに道着の女の子がいた。左手に竹刀を携え、見知らぬ岳を正面からじっと見ている。館内を見まわしたが、柴田と植木だけでなく、大人は誰もいなかった。一時的に席を外しているのかもしれない。十人ほどの子どもたちが道着袴に着替えてじゃれあっていた。

竹刀を持った女の子は輪に加わろうとしない。その面持ちから、岳だけでなく彼女も緊張しているのがわかった。

「誰ですか」

「あの、今日からお世話になる倉内です」

岳は頭を下げた。女の子は怪訝《けげん》そうな表情で、それでも礼を返してくれた。

「あ、そうだ。柴田先生と植木先生の知り合いです」

「お父ちゃんの知り合いですか」

柴田に子どもはいないはずだから、植木の娘ということになる。

「植木先生の娘さん？」

女の子がうなずいた。言われてみれば、眼や鼻の形が似ている。彼女はまだ岳のことが信じられないのか、疑わしげなまなざしを送っていた。どうすべきか迷っていると、背後から「倉内くん」と声をかけられた。振り返ると、昼に会ったときと同じ笑顔の植木がいた。今日知り合ったばかりなのに、植木の顔を見たことでひどく安堵《あんど》した。

女の子が半信半疑といった様子で、植木に尋ねる。

「この人、お父ちゃんの知り合いなん？」

「おお、そうやで。今日からこの道場通うんや」

父親の確認が取れたことで安心したのか、ようやく女の子の表情がやわらいだ。

「倉内くん、娘の優亜。今年、小学一年生になったんや」

植木が「挨拶したか」と言うと、優亜はさっきまでの不審げな態度から一変して、背筋を正した。

「よろしくお願いします」

透き通った高い声だった。岳は「こちらこそ」と口走る。植木は苦笑していた。ひと回り近くも年下なのに、優亜のほうがよっぽどしっかりしているように見える。

その日から、亀岡は岳にとっての新しい故郷になった。運送会社での仕事は楽ではなかったが、柴田や植木に見守られ、子どもたちに剣道を教える毎日は充実していた。決して裕福ではないし、家族も友達もいない。それでも岳は、ようやく地に足のついた生活を営むことができるようになった。

小学一年生だった優亜は学年が上がるごとに才能を発揮し、高校二年の今では府内でも指折りの選手になった。最近はやや伸び悩んでいるが、長い目で見れば順調に成長している。優亜とは数えきれないほど稽古をしてきた。その稽古の積み重ねが彼女の実力になっているのなら、岳にとってこれ以上嬉しいことはなかった。


数日続く雨が、梅雨のさなかであることを実感させる。頭上から消える気配のない黒雲のせいで、二度と晴れ間が拝めないのではないかという気分になる。

日曜の朝、岳は傘をさして中学校まで歩いた。濡れてしまった防具袋の表面を手拭《てぬぐ》いで拭う。心なしか、集まっている子どもたちの顔も晴れない。剣道は天気に関係なく稽古ができるが、雨が続けば湿度が増し、防具は乾きにくくなる。じっとりと湿った防具は快適とはほど遠い。

開かれた扉の向こうに、絶え間なく降る雨の線が見えた。黒と灰の中間のような色をした雲が、重く垂れこめている。

優亜は珍しく、稽古の開始ぎりぎりにやって来た。聞き取れないくらいの早口で挨拶をして、足早に女子更衣室へ消え、道着袴で出てきた。口元は引き締められ、瞳《ひとみ》が泳いでいる。いつになく緊張した面持ちだった。

いつもと違うところを感じても、岳は積極的に話しかけたりはしない。その年齢のころは、大人からの干渉をうっとうしく感じるものだ。それに、岳は道場以外での優亜について何も知らない。彼女が学校生活に悩みを抱えていたとして、それを岳が理解できるとも思えない。だから、あえて理由を探ろうとはしなかった。

基本稽古から地稽古へ移る。優亜は最後まで岳にかかってこなかった。いつもなら真っ先に駆けつけてくるのに、今日は道場の隅で小学生を相手に指導ばかりしていた。それを見ても、部活で疲れているのかもしれない、としか思わなかった。

稽古が終わると、子どもたちはすぐに帰宅する。昼食前で腹を空《す》かせているからだ。小学生たちは道着のまま帰るが、中学生以上になると私服に着替えていく生徒がほとんどだった。岳は水分を少しでも除くため、防具を念入りに拭《ふ》いた。夏場は油断するとすぐカビが生える。柴田や植木は先に帰っていた。

優亜は姿見に向かって素振りを続けていた。話しかけられることを拒むように、休みなく腕を振り続ける。横顔がいつもより青白く見えた。

岳が舞台裏で着替えを済ませても、優亜はまだ道着袴だった。素振りはしていないが、竹刀を片手に姿見をぼんやりと眺めている。他にはもう誰もいない。舞台から降りた岳の気配に気づき、優亜は振り向いた。

優亜は野生の獣を見るように、怯えた眼をしていた。

いた。しかしそれは、相手が見知らぬ年上の男だったからだ。あれから十年経ち、今頃になって岳に怯えを抱く理由はひとつしか思い当たらない。

岳は初めて優亜と顔を合わせたときのことを思い出した。あのときも彼女は怯えて

水が地面を叩く音と、ふたりの息遣いだけが聞こえていた。

雨のカーテンのなかで、優亜は振り絞るように言った。

「岳さんのお父さん、なんで人殺したん」

そのひと言で、岳の視界が急速に狭められる。頭を締めあげられるような痛みが走り、鼻の奥が刺激される。雨音が遠ざかり、自分の心臓の鼓動が耳のすぐ近くで聞こえた。汗に熱が奪われ、肌が冷えていく。

優亜は岳の過去を知ったのだ。

「人殺して、自殺したんやろ。だからお父さん、おらんのやろ」

優亜の声は驚くほど冷たい。岳は暗闇のなかに取り残されたような気がした。

過去を知られたとしても、優亜の態度は変わらないはずだと心のどこかで信じていた。優亜もいずれ柴田や植木のように、岳を庇護《ひご》してくれる存在になるはずだと、都合よく思いこんでいた。

紺の道着から伸びる優亜の腕や首は、瞼《まぶた》を閉じても残るほど白かった。

「かわいそうやと思う。でも、それでええんかな」

その声音には非難の色が潜んでいた。岳は全身の血が頭に上るのを意識しながら、平静を保つために低い声を発した。落ち着いている、と自分に暗示をかけるために。

「……何を言ってるんか、ようわからん」

「岳さん、殺人犯の子どもなんやろ」

焦《じ》れたように、優亜の声が大きくなる。鋭い感情の棘《とげ》が、遠慮という膜を突き破って表面に現れていた。

「だから、なんやねん」

抑制したつもりだったが、荒い声になった。出したくない声。浅寄を彷彿《ほうふつ》させる、動物じみた声。それが自分の本性だと認めるのは嫌だった。優亜の眼は怯えている。

亀岡に来てから、十年間かけて築いてきたものが壊れようとしている。

「殺された人にも家族おるんやろ。会ったこと、あるん？」

たった一度だけ遭遇したことを、会ったと表現するのなら肯定するしかない。

「顔を合わせたことはある」

「そのとき、どうしたん。謝ったん」

事件を起こしたのは父だ。しかも岳は浅寄に殺されかけた。それなのに、浅寄の息子だというその一点だけで、なぜ自分が被害者遺族への謝罪を強いられなければならないのだ。しかも、まったくの部外者である優亜に。

そもそも、謝罪して片が付くのならいくらでも頭を下げる。しかし現実はそうではない。どれだけ世間に頭を下げても、悪意の矢は止《や》まなかった。

「謝ったら、それでええんか。それで終わりか。みんな、許してくれるんか」

岳は苛立ちを隠さなかった。今ならまだ、本性を見せずに済む。暴れようとする衝動を我慢できる。だから今すぐ、さっきの発言を撤回してくれ。作り笑いでいいから、冗談やって、と笑ってくれ。

優亜の表情は怯えから落胆に変わっていた。

「そういう人やなんて、思わんかった」

慎重に張り巡らしていた理性の糸が切れた。考えるより先に口が動いていた。

「知ったような顔すんなっ」

びくり、と優亜の肩が揺れた。恐怖で顔が引きつる。

「身内が人殺しやったら、なんやねん。俺もいつか人殺しになると思ってるんか。犯罪者の血ぃ引いてるやつはみんな犯罪者になると思ってるんか」

優亜はかすかに首を振ったが、ゆがめられた表情は内心を雄弁に語っていた。

いつまで待っても否定の言葉は出てこない。岳が一歩近づくと、優亜は二歩後ろに下がった。このやりとりが滑稽に思えて、つい苦笑した。場違いな笑顔に、優亜の表情はさらにゆがめられていく。

衝動を抑えようとすればするほど、低く吐き捨てるような声になる。

「俺はなんもしてへん。それやのに、なんでいまだに苦しめられなあかんねん。これは、いつになったら終わるんや。死ぬまで終わらんのか。優亜。俺は人殺しとちゃう。それでも怖いんか。人殺しの息子の近くにいるんが、怖いんか」

もはやはっきりと優亜は恐怖していた。視線は伏せられ、半開きの口が震えている。

岳は舌打ちをしたくなった。みずから切り出したくせに、こちらが少し反論すると怯えてみせる。そんな反応は嫌というほど味わってきた。

優亜から視線を外すと、その背後にある姿見が視界に入った。

姿見には岳の顔が映っていた。制服を着ていたときは平凡なドライバーに見えたその男は、獰猛《どうもう》に光った眼でこちらを凝視している。

息を呑む。それは初めて見る自分の顔だった。

慌てて踵を返し、竹刀と防具袋をかついで体育館の出入口へ向かった。早足で歩き、靴をはきながら言う。

「戸締まり、わかるやろ。帰る前に鍵だけ預けていけよ」

言葉が優亜に届いたかどうか、確かめる術《すべ》はない。

傘をさし、雨のなかへ踏み出す。できるだけ何も考えないように、足だけを淡々と前に動かす。雨は朝より勢いを増している。岳は防具袋に雨がかからないよう、傘をずらす。代わりに自分の身体が濡れた。

ぬかるんだ地面に踏み入れた靴は、じきに泥で汚れた。黒く厚い雲が消える気配はない。暗い空の下で雨に濡れながら、岳はたったひとりで歩き続けた。


翌日、出勤が不安でたまらなかった。

優亜に岳の過去を教えた〈誰か〉が、同じことを職場に吹聴《ふいちょう》していたとしてもおかしくない。

〈誰か〉の見当はまったくつかなかった。

おそるおそる営業所に足を踏み入れたが、他のドライバーや所長の態度はいつもと変わらない。それとなく彼らの表情や視線をうかがいながら荷物の仕分けを済ませ、営業所を出発すると少しだけ肩の力が抜けた。

張り詰めた気持ちのまま数日を過ごしたが、結局、仕事中に変わったことは起こらなかった。だが、油断はできない。〈誰か〉はまだ岳の勤め先を知らないだけなのかもしれない。職場が知られれば、岳の過去を広められる恐れはある。

夢で見た、辰野の影が意識の隅をよぎった。もしかしたら、彼の仕業なのだろうか。いったん疑いだすと、そうとしか思えなくなった。辰野は岳の生活を壊すため、犯罪者の息子であることを周囲の人間に明かすことにした。一応、筋は通っている。しかしなぜ、その相手が優亜なのか。

稽古には顔を出さなかった。稽古で子どもたちと顔を合わせるのが怖かった。優亜がすでに道場の生徒たちに話しているかもしれない。保護者たちの耳に入れば、亀岡剣正会の運営そのものが危うくなる。うかつに顔を出すことははばかられた。

日課の素振りとウエイトだけは欠かさなかった。身体を動かしていなければ、悪い想像が限りなく連鎖してしまう。

柴田から連絡があったのは、岳が自宅にいる土曜の午後だった。ドライバー用ではなく、私物の携帯電話が鳴った。

「電話に出られるってことは、仕事中ちゃうな」

柴田の声は硬かった。あぐらをかいた足にじっとりと汗をかいている。

「なんで稽古に来んのや」

「仕事で、急に残業が入って」

苦しい言い訳だと自分でもわかっていた。今まで、稽古があれば無理をしてでも仕事を終えていた。柴田は幾分、声をやわらげた。

「植木さんに聞いたで。優亜に知られたんやろ」

岳は携帯を耳に押し当て、背を丸めた。網戸越しに灰色の雲が見える。雨は降っていないが、今にも泣きだしそうな空だった。

「大丈夫や、他の子らは知らん。たぶん保護者にも知られてない」

「……ほんまですか」

口から漏れた安堵の息が、ノイズとなって耳元に飛びこんでくる。

「怖いんです」

思わずこぼれた言葉が、余計にみずからの不安を煽《あお》る。いつの間にか、岳はすがるように携帯を両手で握りしめていた。柴田の声が流れてくる。

「今、どこにおる」

「家です」

「あのアパートか。今から迎えに行くから、ちょっと出られるか」

「出られます。家で待ってます」

岳は叫ぶように答えた。通話を終えた静かな部屋で、この数日誰かと不安を共有したくてたまらなかったのだと、ようやく自覚した。

セダンに乗った柴田は三十分もしないうちに到着した。促されるまま助手席に乗る。はっきりしない空模様の下、柴田は行き先も告げずハンドルを切った。柴田に口を開く気配はない。励ましの言葉を期待していたが、会いに来てくれただけでも十分だと思い直すことにした。

セダンは岳がよく知る地域へ入っていく。そこは岳の担当する配達区域だった。商店街のほうへと進み、やがて停まったのは植木武道具の前だった。

ドアを開けようとする手が動かない。優亜と顔を合わせることを想像するだけで、身体がすくんだ。あの落胆。怯えた表情。彼女にとって岳の人間性は無に帰した。殺人犯の身内というラベルは目立ちすぎる。

岳の内心を読んだかのように、柴田が言った。「優亜は夕方まで学校らしい」

さっさと運転席を降りた柴田が、外からドアを開けてくれた。岳が肩を縮めて外に出たことを見届けてから、柴田はガラス扉を押し開ける。

一瞬、岳は逃げようとした。しかし後ずさった岳の右腕は柴田に強くつかまれた。そのまま引きずられるように店内へと入る。

店主の植木が待っていた。

見慣れたごま塩頭に、思わず気持ちが緩む。辰野がいるはずだと勝手に思いこんでいた岳は、その場にくずおれそうになった。緊張で息が苦しかったことに気づく。手を膝につき、酸素が頭にまわるのを待った。

植木は神妙な顔をしていた。ガラスケースのそばに立ち、黒目がちな眼で柴田と岳を見ている。柴田は「借りるで」と言ってパイプ椅子に腰をおろし、岳もそれに倣った。

「謝る準備はできましたか、植木さん」

柴田が顎《あご》で岳を示した。話が見えず戸惑う岳に、柴田が告げる。

「優亜に話したんは、植木さんや」

嘘や、と言いそうになる。しかし苛立ちを隠せない柴田と、覚悟を決めた植木の表情が、事実であることを物語っていた。わずかに植木がうつむく。薄くなりはじめている頭頂部が見えた。

「なんで言うたんですか」

か細い声で問うと、植木は前から答えを考えていたのか、よどみなく答えた。

「優亜はなんとなく、岳が隠し事してることには気づいとった。あんなに強いのに大会に出場せぇへんのはおかしいって。何か後ろめたいことがあるんやとしたら、そんなことは気にせんでええのにって言うたんです」

十年前、優亜が剣道をはじめたばかりのころから、岳は一緒に稽古をしてきた。優亜とは歳の離れた兄妹のように接してきた。岳の過去を知らない人間のなかで、最も心を開くことができる相手だった。

「だから言うたんです。岳の父親は十五年前に人を殺して、その場で自殺したんやって。言うた途端に、顔色が変わりました」

青白い優亜の顔がよみがえる。最後に見たときは病人のようだった。

「いつまでも隠しとくんは、矛盾することやと思う。だって、差別されるからってその事実を隠しとくんは、自分自身が差別意識を持ってる証拠にならんか。犯罪者の身内であることと、岳の人間性とは無関係や。だからなおさら、優亜にはそれを知ったうえで、自分で考えて、岳と接してほしい。それができるはずやと思ってる」

植木は自分の娘なら、事実を知ってもなお岳と変わらず接することができると信じていたのかもしれない。

しかしそれは理想論だ。現実には、優亜は岳を非難し、恐れた。幼いころからの知り合いが殺人犯の息子だと知らされる衝撃はいかほどだったろう。

誰にも聞こえないほどの小声で、またか、と岳はつぶやいた。人の口を縫い付けることはできない。浅寄准吾の息子であることを完全に忘れ去られる日は、永遠に来ない。初夏に似つかわしくない肌寒さを感じた。

「約束を破ったことはどうなるんです」

柴田はやるせなさを隠さなかった。

「岳が亀岡に来たとき、私らで決めたでしょう。このことは絶対に口外せんと。なんで話す前に相談してくれんかったんですか。相手が娘やからって……」

「言えば、反対されるからですよ」

柴田の眉間に皺《しわ》が刻まれた。

「優亜は学校の生徒や教師に言ったりしてないんでしょうね」

「だから言うべきじゃないんだ」

柴田の返答は妙に引っかかった。京都弁の発音ではない。興奮した柴田の口ぶりは標準語に近かった。今までにも何度かこういうことがあった。感情がたかぶると、柴柴田は京都弁ではなくなる。

「仮に優亜が犯罪者になったら、植木さんはそれを知り合いに言いますか。自分は犯罪者の父親だと胸を張って言えるんですか。あなたがやったのはそれと同じことだ」

あからさまに、植木はむっとしてみせた。

「優亜が犯罪者なんて、ありえへん」

そのひと言で、柴田の顔が見る間に紅潮した。

「なぜありえないと思える。どうして、ありえないと言えるんだ」

「子どもが犯罪者になると思ってる親がいますか」

「親は子どもの人生を百パーセント、制御できるのか。できないだろう。どこまで行っても、親と子は他人だろう。ありえないなんてことは誰にも言わせない」

詰め寄る柴田の表情は平常心を失っていた。

親と子は他人だ。岳は柴田の言葉にひそかにうなずいた。親が子を完全にコントロールできないように、子も親を操ることはできない。岳は一度たりとも、浅寄に警察官を撃ってほしいと頼んだことはない。罪のない人間を殺してほしいと願ったことはない。それはすべて、浅寄が浅寄の意思で行ったことだ。百パーセントの意思疎通など、それこそありえない。

もしすべての家族がひとつ屋根の下で生きていくことができれば、それは幸せなことなのかもしれない。しかし仮に、家族が憎むべき人間だった場合、死ぬまでそこに縛り付けられなければならないのだろうか。それはあまりにも理不尽に思えた。

店内が静まりかえり、どこからか自転車のベルが聞こえた。柴田は自分の怒声を恥じるように咳払《せきばら》いをする。植木が暗い顔で答えた。

「来週の国体予選が終わったら、もう一度ちゃんと話しあいます」

優亜はメンバー入りするのだと意気込んでいた。岳もその邪魔をしたくはない。

柴田は苛立ちまじりに答えようとしたが、それより早く植木が言った。

「岳も、応援に来てくれへんか」

植木はしゃがみこんで、岳と目の高さを合わせた。

「今は、優亜も混乱してるんやと思う。だけどちゃんと教えてやりたいんや。仮に父親が犯罪者やとしても、岳の人格とは何も関係ない。あの子にはそれを教えなあかん。優亜ならわかるはずやから」

「国体予選には辰野が来る。会場で会ったら因縁をつけられるかもしれない」

柴田を無視して植木は続けた。

「優亜を信じたってくれへんか。きっとわかるはずやねん」

岳は瞼を閉じて視線を遮った。椅子から立ち上がり、植木に向かって深々と頭を下げる。

「すみません」

直面したくないことが起こったときは、いつもこうしてやり過ごしてきた。視界から相手を遮断し、何も考えずに頭を下げ、謝罪の言葉を口にする。犯罪者の身内には、それ以外の対応は求められていない。十数年の経験から、岳は身をもって知っていた。

「それでええんか」

泣きだしそうな植木の声が降ってきた。

「そうやって一生、ひっそり隠れて過ごすんか。誰とも向き合わずに、理解してもらおうともせずに生きるんが正しいんか」

岳はじっと暗闇を見つめた。頭を下にしているせいで、血が集まってくる。悪いのは自分じゃない。犯罪者本人とは無関係な身内にまで、刃のような視線を注ぐ野次馬たちだ。

「優亜はもう十七歳や。きっと理解するはずやねん。もう一回だけ、ちゃんと話したってくれへんか」

――俺がここに来たときも、十七歳やったな。

ここに来るまで、いろいろなことがあった。猛暑の八月八日。丹前《たんぜん》のアパート。アスファルトにゆらめく陽炎《かげろう》。型落ちの冷蔵庫がうなる音。後頭部にあてられた銃口の冷たさ。

記憶はさらに九歳の夏までさかのぼる。それ以前のことはすべて忘れてしまった。意図的に忘れたのかもしれない。九歳より前のことは、暴力をふるわれていた記憶しか残っていない。

粘りけのある汗がこめかみを流れていく。

暗闇のなかで、岳は底の見えない沼へと引きずりこまれていった。

二

後頭部につきつけられた銃口の冷たさは、今でも忘れることができない。

自分の命が、父の指先の動きひとつで呆気《あっけ》なく吹き飛んでしまう。岳はそのとき初めて、生々しい死を意識した。

それまでに、遺体を見たことが一度だけあった。父方の祖父の告別式だ。出棺の間際、幼い岳は化粧を施された祖父の顔をじっと見ていた。冷たくなった祖父の顔をどれだけ見つめても、死を実感することはできなかった。この世に生を受けて十年足らずの岳にとって、死は遠すぎて影すら見えない存在だった。

遠かったはずの死が、そのときは触れられる距離にあった。

——変な真似したら、こ、殺すからな。

優位な立場にあるはずの父が、声を震わせていた。何かに追いつめられているような怯えを背後から感じた。

——お前は人質や。おとなしくしとけ。

冷たい銃口が後頭部から離される。直後、同じ場所を拳で殴られた。前のめりにうずくまり、左手で頭をかばう。二発目の拳は飛んでこなかった。おそるおそる振り向くと、父は青白い顔で岳を見下ろしている。

そのときに見せた眼光。

粘土に切れ目を入れたような細い眼の奥に、鈍い光が灯《とも》っていた。

闇の底で火が熾《おこ》っている。常に形を変えてゆらめく火。火が燃える勢いに駆られるように、父は右足を後ろに振りあげた。避けようとしたときには、すでに父の右足が岳の左脇腹に食いこんでいた。喉の奥からえずくような声が漏れた。

それからアパートを脱出するまで、岳は父の人質となった。三時間も父とふたりきりで過ごしたのは、その日が最初で最後だった。

つないだ手から、母の焼けるような体温が伝わってくる。

＊

とうとうあの男のもとから逃げられるという高揚が、熱に変換されていた。夜の闇のなか、民家から漏れる明かりに浮かぶ母の横顔はかすかに笑っている。こけた頬にある青黒いあざが、微妙に形を変えた。

母は岳の左手を強く握りしめている。痛く感じるほどの強さだったが、岳は痛いとは言わなかった。母とはぐれてはならない、とそれだけを考えていた。いっそ、ふたりの手首を頑丈な鎖でつないでほしかった。

走るたび、右太ももの筋が鈍く痛む。昨夜《ゆうべ》蹴られたところだ。岳は歯を食いしばって我慢していたが、こらえきれず涙がこぼれた。両手がふさがっているせいで涙を拭くことができず、頬に水の跡ができた。

夏がしつこく居残る九月だった。

小走りで駅に向かいながら、母は何度も後ろを振り返る。犬の散歩をする老人や帰宅中のサラリーマンに父の面影を見て、すれ違うたびに立ちすくむ。

黄色く濁った眼。突き出した頬骨。土気色の皮膚。薄い唇を開けば乱杭歯《らんぐいば》がのぞき、息はドブのような腐った臭いがした。瘦《や》せた胸を反り、威張り散らすようながに股《また》で歩く卑しい男。それが浅寄准吾という名の、実の父だった。

午後八時の町は静かだった。不思議と眠気はない。それどころか、身体の内側にエネルギーが渦巻いている。夜に出歩いていることで、感情がたかぶっている。やがて涙が止まり、視界が鮮明になった。

母は腰の高さより大きいスーツケースを引き、岳の身体がすっぽり入りそうな登山用リュックを背負っていた。腕にはトートバッグを提げている。岳は母のものよりひと回り小さなリュックを背負い、利き手でない右手には紙袋を持っていた。

貴重品や衣類だけを持って、ふたりは駅を目指していた。

岳にとって唯一の心残りは野球道具だった。母に何度もねだって、ようやく買ってもらったバットとグラブとボール。

運動神経のいい岳は、同級生のようにスポーツをはじめたかった。母にねだって野球やサッカー、体操などいくつかの少年クラブを見学したが、入会させてもらったことは一度もなかった。月謝が払えないからだ。泣いてもわめいても、地元の野球チームには入れなかった。でも、道具があれば草野球ができる。

野球をするのは好きだったが、観戦は大嫌いだった。

酒を飲みながら観戦する浅寄の相手を何度かさせられた。ひいきチームの選手が好プレーをすれば手を叩いて喜び、今の見たか、と無邪気に笑いかける。そんなときだけは好きになれた。だが、負け試合になると途端に機嫌が悪くなり、酒を飲みながら監督の采配《さいはい》や選手のエラーをなじる。

「たるんどるんじゃ、ボケが」

テレビの画面に唾《つば》を飛ばし、焼酎《しょうちゅう》をあおる。それが浅寄の野球観戦だった。浅寄は応援するチームが試合に負けるたび「お前の応援が足らんせいや」と難癖をつけ、岳に手をあげた。浅寄の拳は河原の石のように硬く、殴られるとしばらくの間は頭皮がじんじんとうずく。頬を張られると口のなかにねっとりした血の味が広がる。だから岳はいつも心から応援していた。

駅が間近に迫ってきたとき、横断歩道を渡ってくる人の波を前に、母は完全に立ち止まった。釘《くぎ》で固定されたように、足がぴたりと止まった。浅寄に似た男の影を、人波のなかに見つけたのかもしれない。

「平気やって」

すかさず岳は声をかけた。

「朝まで帰って来ぉへんって」

浅寄は夕方から雀荘《じゃんそう》に出かけている。麻雀《マージャン》を打ちにいった夜は、必ず日が昇るまで帰らない。下手をすると翌日の夜まで帰ってこない。この夜を選んだのは必然だった。

母はその言葉に背中を押され、踏みしめるように改札へと足を進めた。

当時、九歳。

それ以前のことはうまく思い出せない。記憶にはあるのだが、ばらばらの断片に分かれている。容易に思い出せるのは、浅寄が母の背中や腹を殴る光景だ。暴力に理由は必要なかった。料理がまずい、とか、支度が遅い、という理由があるときは、まだ頭で理解できる。しかし時に、浅寄の暴力は突発的だった。それまで穏やかに食事をしていたかと思えば、急に拳が降り、足が飛んでくる。前後の脈絡などない。幼い岳にとっては予測不可能な天災のようなものだった。

矛先が岳に向くこともたびたびだった。顔を合わせた瞬間に胸を突き飛ばされたり、眠っている最中に脇腹を蹴られたことも一度や二度ではない。野球道具を買ってもらってからは、「練習や」と言いながら軟式のボールを身体に投げつけられることもあった。肩や背中に青色の円いあざがいくつもできた。バットで殴られたことはなかったが、時間の問題だったろう。

岳が殴られている最中、母は幽霊のようにひっそりとたたずんでいた。そうして、浅寄がいなくなってから岳を抱き寄せ、ごめん、ごめん、と何度も謝る。母が助けてくれないことを恨んだことはなかった。

母と息子は、常に家の隅で息をひそめて暮らしていた。家庭内の暴君に怯えながら、浅寄の気に障らないよう精一杯気を遣って過ごした。浅寄が思うまま酒を飲んでいる隣で、岳はふりかけをまぶした白飯を食べた。二日に一日の割合でおかずがなかった。

浅寄は定職についたことがない。時おり思い出したように工事現場や作業場の仕事をはじめてみるが、一、二か月で飽きて無職の生活に戻るのが常だった。

「俺にはもっと、向いとることがあるんよなぁ」

仕事を辞めると、言い訳がましく必ずそう口走る。

情熱が向けられるのはスロットと麻雀だけだった。酒と煙草を消費しながらギャンブルに興じている瞬間だけ、浅寄は平静でいられた。岳は一度スロットに連れて行かれたことがあったが、浅寄は終始無言だった。煙草の臭いと鼓膜が破れそうな騒音のなか、ぴかぴかと光るパネルを眺めているのは小学生には苦痛だったが、何も言いだせなかった。その日、負けた浅寄は無言のまま帰宅して「子どもがおるからじゃ」と岳の腹を蹴った。へその左あたりが痛んでよく眠れず、夜中に何度も起きた。

改札を抜け、車両に乗ってからも、岳は家のある方向を一度も振り向かなかった。野球道具は諦《あきら》めることにした。父との生活と決別できるのなら、それくらいの犠牲は仕方ない、と割り切った。

母は座席に腰をおろすとようやく人心地ついたのか、呆《ほう》けたような顔で宙空をぼんやりと眺めていた。その視線の先に浮かんでいるものが何か、幼い岳にはわからない。

もしかしたらずっと昔の、結婚する前の浅寄を見ていたのかもしれない。

父母がどういう経緯で出会ったのか、岳は知らない。知っているのは、母が高校を卒業してしばらく飲食店で働いていたことくらいだった。大方、浅寄はその店の常連客だったのだろうと推察している。とにかく、殴られても蹴られても離婚を切り出さない母が不思議でならなかった。母にその意思があっても不可能だったのだと悟るのは、中学生になってからだ。

母はぼんやりしているように見えたが、乗り換えの駅に到着すると岳を急《せ》かして降りた。最寄《もよ》り駅から一時間強で到着したのは京都市内の北部にある丹前という町だった。

寂しい夜の駅舎に降り立った母は、岳の手を引いて一目散にアパートへ向かった。駅から徒歩十五分ほどの場所にある二階建て木造アパートは、建ってから優に二十年は超えていそうだった。裏手には不釣り合いな駐車場が隣接している。大家は同じ敷地にアパートと貸し駐車場を作っていたが、どちらも入りはまばらだった。母は外階段を上り、端から二番目の扉をあらかじめ受け取っていた鍵で解錠した。

薄い扉を開けると、スニーカーを三足置けば一杯になる小さな玄関がある。手前の六畳の板間は台所兼ダイニングで、襖《ふすま》で仕切られた畳敷きの六畳が寝室だった。もともと住んでいた部屋とそう変わらない。

母は握りしめていた手を放し、荷物を板間に置くと、無言で和室に横たわった。緊張の糸が切れた母は、人形のように崩れ落ちた。

「どうしたん」

岳の呼びかけにも答えない母は、精根尽きた有様だった。宅配便で送った布団は明日、この部屋に到着する。今夜は布団なしで眠らなければならなかった。

「もう、ええから。このまま寝よ」

畳に頬をこすりつけて、母は首だけで振り向いた。岳はぐずった。

「まだ眠くない」

「ほんなら、ひとりで起きてな」

言い残すと、本当に母は寝入ってしまった。照明も消さないうちから、手枕に額を載せて死体のようにぴくりとも動かない。やがて規則正しい寝息が聞こえてきた。

岳は仕方なく部屋の照明を落としたが、目が冴《さ》えて仕方ない。退屈を持て余し、和室のガラス戸を開けてみた。網戸もついていないせいで、温《ぬる》い風がじかに顔を撫でた。

夜の駐車場には数台の車が停まっている。街灯が車の影を地面に落としていた。見上げれば、薄い雲に覆われた月がある。浅寄は今頃、雀荘の窓からあの月を眺めているのだろうか。ニコチンとアルコールをせっせと体内に取り込みながら、今夜も負けられない戦いに熱中しているのだろうか。

いつの間にか、岳は眠りかけていた。開け放した窓から入りこんできた羽虫が室内を旋回し、月夜へと戻って行った。

逃げ出してからも、岳はまだ浅寄を名乗っていた。離婚が成立したら旧姓に戻す、と母には言われていたが、そんな日が来るのか岳には疑問だった。

転校先の学校で、岳は息をひそめて過ごした。

浅寄がどこから岳の存在を嗅《か》ぎつけるかわからない。学校に浅寄の知り合いやその子どもが絶対にいないとは限らない。ただでさえこの苗字は目立つ。丹前の家が浅寄に知られれば、あのころの生活へ戻ることになる。とにかく岳は存在感を消すことに努めた。授業中は身をこごめてひそひそ話の輪にも入らず、昼休みは教室で眠るふりをして、放課後はどこにも立ち寄らずまっすぐアパートに帰った。特に注意したのは、いじめの悪意を避けることだった。いじめられるがゆえに、その生徒がクラスで目立ってしまう場面を岳は何度も目にしたことがあった。幸い、運動神経には恵まれていた。体育で学年上位の成績を収める岳は、教室の中心的な生徒たちから標的にされずに済んだ。

作戦は成功した。友達はひとりもできず、いじめられもせず、空気のような無色透明の存在でいることができた。

母は行政書士の事務所で働きはじめた。アパートから自転車で片道三十分かかったし、仕事は事務員という名の雑用係でしかなかったようだが、母は法律に関する職場で働けることに大喜びだった。

「あの人は肩書きに弱いんや」

夕食の最中、母がつぶやいた。缶ビールを飲んでいた。それは母が、週に一度だけ自分に許した贅沢《ぜいたく》だった。

「何でもええから、肩書きさえ身につけたら手出しできひんはずや」

三十代前半の母は、失われた時を取り戻すように猛然と資格の勉強をはじめた。目指すのはもちろん行政書士だった。家では時間を見つけては事務所でもらったという参考書を開き、ぶつぶつと口のなかで言葉を転がしながらマーカーで線を引いたりしていた。休みの日は朝から夜まで、飽きることなく〈民法〉や〈憲法〉と表紙に書かれたテキストを音読していた。

かまってもらえないのは寂しかったが、母が自分の足で歩きはじめたのだということは、幼い岳にも理解できた。邪魔をしないため、岳はよく出歩くようになった。同級生と顔を合わせないよう、少し離れたところにある図書館によく逃げた。本があれば退屈をしのぐこともできる。それまで読んでいた児童書からは遠ざかり、大人向けの小説やノンフィクションを選ぶようになった。内容には理解できない部分も多かったが、歯ごたえのある読書は嫌いではなかった。

文字を読むのは得意になったが、反比例して人と話すのが怖くなった。本は文字に書いてあることがすべてだが、他人との会話では予想もしない反応が返ってくる。それに対して瞬間的に答えなければ、異常者のような目で見られ、恥をかく。そういった経験がますます岳を無口にさせた。

母が最初に行政書士の試験を受けたのは、浅寄から逃げ出した翌年の秋だった。その年は落ちることが前提だったのか、不合格通知を受け取った母は「こんなもんやな」と落ちこんだ様子もなかった。しかし、その翌年も合格できなかったことで、焦りが目立つようになった。試験の合格率は一割前後と高くはないが、母の焦りをやわらげる理由にはならなかった。

岳は中学生になった。思い出のない、殺風景な小学生時代が終わりを告げた。

進学にあたり、制服や新しい教科書が必要だった。

「また金かかるんやな」

財布から札を抜き取るたび、母はため息をついた。まるで自分が責められているような気がして、そのたびに岳は肩をすくめた。また野球道具がほしかったけれど、とても言いだせるような雰囲気ではなかった。部活には入れなかった。放課後の時間を持て余すようになったが、小遣いは雀の涙だったから、やはり本を読むくらいしかやることはない。

浅寄の存在が母子《おやこ》の生活から消えて、二年以上経っていた。


梅雨のさなかだった。

岳は午後六時過ぎにアパートに帰りついた。図書館で借りた小説を読んでいるうちに母が帰宅して、夕食がはじまった。持ちこたえていた空がとうとう崩れ、水滴が屋根を打つ音が響いた。

古めかしい呼び鈴が鳴った。扉の外から抑制を失った男の声が聞こえた。

「香奈子、開けろ。俺や」

脳髄に冷や水を流しこまれたような気がした。母の顔が見る間に白くなっていく。唇がわななき、持っていた箸《はし》は床に取り落とされた。

尋ねるまでもない。扉の前にいるのは浅寄准吾だ。

「おい、はよ開けろや。このまま朝まで騒いだろか。同じアパートに住む皆さんのことも考えたらどうや。家んなかにおるんはわかっとるんや」

浅寄は台所の小窓から漏れる明かりか、あるいは電力メーターの動きで在宅の目星をつけているのかもしれない。胴間声のボリュームは、壊れたスピーカーのようにどこまでも上昇する。

「下にごみ捨て場があるな。雨やんだら、あそこに吸殻でも捨てとこかなと思ってるんや。あれが燃えたらえらいことやで。この建物、木造やろ。全焼するんちゃうか」

ついに母が席を立った。

「開けるんか」

岳の制止は届いていない。母はためらいがちに、ドアノブの内鍵のつまみを回した。合板の扉が開き、湿度と煙草の煙が部屋に流れこんでくる。

「いつまで待たせとんねん。さっさと開けろ」

久しぶりに会う浅寄は、年齢以上に老けこんでいた。脂っぽさを失った頭髪は枯れ草のようで、白髪が目立つ。顔の皮膚は垂れ下がり、目尻や口の周りに皺が増えたが、充血した目の光だけは失われていなかった。

雨水の浸《し》みた汚いスニーカーを脱ぎ、煙草をくわえたまま、裸足で部屋に上がってくる。

「やっと住民票移したな」

浅寄は吸殻を台所のシンクに捨てた。

母は浅寄に居場所を知られないよう、住民票を丹前のアパートに移していなかった。それでも教育委員会と話しあい、岳を小学校に通わせることはできた。しかし中学への進学にあたり、住民票を移すことが条件だと宣告された。義務教育のうちは勘弁してほしいと懇願したが、担当者は頑なにそれを拒んだ。二年間、平穏に過ごしていたことから母にも油断があった。たいした交渉もせず、母は岳の住民票を現住所に移した。

親権者は未成年の子の住民票を取得することができる。浅寄は頻繁に役所へ出向き、岳の住民票を確認していた。それは母子の逃亡から絶えず続けられていた。そういった事情を知ったのはずいぶん大きくなってからのことだ。

「お前らがおらんくなってから、俺がどんだけ苦しんだと思う」

浅寄はまず母に、次いで岳に恨みがましい面《つら》を向けた。この世によみがえった幽霊のように禍々《まがまが》しい。母は立ちすくんだまま一歩も動けない。岳も接着剤で貼りつけられたかのように、椅子から立ち上がることができなかった。身体がすくんで指先すら動かせない。

「つらかったでぇ。しんどかったでぇ。俺の気持ちも知らんと、こんなとこでのうのうと暮らしとったなんて、悲しいわ。泣くに泣かれへんで」

あの、と母が何か言いかけたのを遮るように、浅寄の拳が飛んだ。左の頬骨をしたたかに殴られた母は、平衡を失って床にへたりこんだ。

「殺すぞっ」

浅寄は母の肩を足蹴《あしげ》にした。涙をこらえていた母が、ついに嗚咽《おえつ》を漏らした。

勝てない。岳は本能的に、この男の狂気にはなす術がないことを悟った。

「もう許さんからな。誰が拾ったったと思てんねん」

浅寄は立ったまま母を見下ろし、悪態を吐き続けた。

二つ折りの携帯電話が床に落ちていた。殴られたはずみに母が落としたものだ。岳は浅寄がこちらを見ていないことを確認し、自分を励ました。そろそろと席を離れ、音がしないよう注意しながら、震える手で携帯を拾って開いた。
1、1、と押したところで、脇腹に鉄の塊を打ちこまれたような衝撃が走った。半回転して仰向《あおむ》けに転がった岳の手から、携帯がこぼれ落ちた。
「何しとんじゃ、ボケ」

へそのあたりを素足で踏みつけられる。二度、三度と踏まれ、岳は吐き気をもよおした。浅寄は床に落ちた携帯を拾いあげた。

「図体《ずうたい》ばっかり大きなっても、弱いんは変わらんな」

起きあがれない岳に背を向け、母に「なんぼ持っとる」と問う。口ごもる母に痺《しび》れを切らした浅寄は、骨ばった手を広げて突き出した。

「とりあえず、財布出せや。あと合鍵」

母は獰猛な顔つきに追い立てられるように、仕事用の鞄《かばん》から取り出した合皮の長財布を、浅寄の手にそっと載せた。浅寄は財布を開いて札を無造作に抜き取り、穿《は》き古した作業ズボンのポケットに押しこんだ。岳は消化物が逆流するのをこらえながら、その光景を見ていた。

「鍵は」

「合鍵は、ないです」

収まりかけていた狂気の火が再燃する。浅寄は母のTシャツの胸元を両手でつかみあげ、壁に押しつけた。どん、と部屋全体が揺れた。裾がまくりあがって痩せた腹が見えた。

「嘘つくな。こいつに持たしとるやつがあるやろが。おい、出せ」

顔は岳に向けられている。岳は痛みに苦しむふりをして、横たわったまま動こうとしなかった。鍵を渡せば、終わりだ。忘れたはずのあの日々がまたはじまる。

浅寄は母から手を放すと、躊躇なく岳の腹を踏んだ。砥石《といし》のように硬いかかとが内臓をかき混ぜる。巨大な手で胃をしごかれるようだった。こらえていた吐き気が抑えきれなくなり、岳は慌ててシンクに取りついた。さっき捨てられた吸殻の上に、胃のなかのものをぶちまける。喉の奥を指でかき回されているようだった。涙がにじみ、食道が焼けるように熱い。食べ物の残骸《ざんがい》と胃酸がまじりあった、泥のような嘔吐《おうと》物が異臭を放った。

「くっさいなぁ。早よ鍵出せ。お前のやつでええ」

顔をしかめた浅寄は母に言った。抗《あらが》う意思を失った母は、ぼんやりした顔つきで鞄から真鍮《しんちゅう》の鍵を出して、浅寄に手渡した。

「また来るわ」

鍵を受け取ると、嘔吐物の臭いから逃れるように浅寄はさっさと部屋を出て行った。扉が閉まると、先ほどまでの騒ぎが嘘のように室内は静まりかえった。岳の耳に届くのは降り続ける雨の音だけだった。

母はシンクの水を流し、黙って嘔吐物を片付けた。岳は洗面所の水で口をゆすいだ。

「なんで鍵渡したんや」

岳は母の背後に立ち、くすんだうなじに語りかけた。

「黙っとったら、あと少しで消えたのに」

もう少し母が頑張っていれば、浅寄は鍵を持たずに立ち去ったはずだと岳は考えていた。しかし母は、血の通っていない蠟《ろう》のような面相をぴくりとも動かさなかった。機械的に手を動かし、シンクを清めている。

会話にならない。岳が寝室に移動しようとしたとき、母がつぶやいた。

「あんたのせいやで」

蛇口から流れる水の音に紛れそうなほど、小さな声だった。

「あんたが中学に行ってなかったら、あの人にばれんかったんや」

頭に血が上り、目の前が明滅する。酸っぱい唾液《だえき》がわいてくる。拳が固く握られていた。

それでも母に手をあげなかったのは、ここで殴れば父と一緒だ、とわかっていたからだった。そう言い聞かせることができなければ、口を利けなくなるまで母を殴打していたかもしれない。

雨があがっても、母子の災厄が消える気配はなかった。

それからは眠れない夜が続いた。

眠っている最中に浅寄が鍵を開けて侵入してきたら。不安のせいで熟睡はできなかった。夜は浅い眠りと覚醒《かくせい》を繰り返し、日中に昼寝をしてどうにか睡眠時間を確保していた。睡眠不足は母も同じらしい。面立ちは数日で変わり、すっかりやつれてしまった。

浅寄は三、四日に一度、前触れなく部屋を訪問した。時間はたいてい夜だった。最初の数回は母に金をせびり、受け取るとすぐに姿を消した。だが、岳の学校が夏休みに入ったあたりから、浅寄は一緒に住むことを提案しはじめた。

「俺らは夫婦やからな。法的にも。家族はひとつ屋根の下で暮らすべきやろ」

母は離婚届を前の家に置いていったが、浅寄はそれを無視していた。

「そんな急には……仕事もあるし」

母はなけなしの勇気を振り絞って、反論した。すぐに拳が飛んでくるかと思ったが、案に相違して浅寄はじっとしていた。もしかしたら聞き入れられるのかもしれない、という一縷《いちる》の希望が胸にきざした。

その日、浅寄は薄汚れたセカンドバッグを携えていた。

「これ、なんやと思う」

ふくらんだバッグを開け、差し入れた右手が出されたとき、節くれだった五本の指は拳銃を握りしめていた。母が息を呑む音が聞こえた。

「本物なん、それ」

上ずった声で言った母の額に、浅寄は銃口をあてた。

「俺が偽物で喜ぶと思ってるんか」

母は目を大きく見開き、金魚のように口を開閉した。その反応を観察しながら、浅寄は酷薄な笑みを浮かべている。スロットで大勝した日、知人から十二万円で購入したのだと語った。買う前に、試し撃ちもしたんや。間違いなく本物やった。自作の改造拳銃らしい。その気になったら、なんでも作れるねんなあ。饒舌《じょうぜつ》な浅寄の言葉は現実感を伴わない。あの雨の日からずっと、悪夢を見ているようだった。

母が嗚咽を漏らすと、ようやく満足したのか、浅寄は拳銃をバッグに戻した。

「警察に言うても無駄やぞ。おとなしく、引っ越しの準備しとけや」

岳はひと言も発することができない。拳銃の登場で、発言の機会は完全に失われてしまった。通報する気力も萎《な》えていた。いつものように現金をむしり取った浅寄は、大股で熱帯夜のなかに溶けていった。

浅寄がいなくなると、母は尻《しり》から床に落ちた。横座りになって遠くを見つめる様子は、母に似たマネキンのようだった。感情の水槽はあふれ出す寸前だった。

「もう無理や、岳」

ぱさついた髪が一本、口の端にくわえられていた。

「死にたい」

涙声だが、そのひと言は明瞭《めいりょう》に耳に届いた。

「あれで撃ってくれたら、あの人も死刑になるんかな」

不穏な独り言は、岳の耳にも入ってきた。何もかもを諦めたような母の横顔を見ていると、あながち妄想から生まれたつぶやきとも断言できない。

どこへ逃げようが、人の形をした悪意の塊は追ってくる。生きている限り、野生の獣のような嗅覚《きゅうかく》で母子を追いつめる。

浅寄の手から完全に逃れる方法は、なかった。

八月八日は日曜だった。

母は朝から事務所へ出勤した。相談者の都合に合わせて事務所は土日でも開けることがある。目が覚めてしまった岳はサンダルをつっかけて家を出て、コンビニの雑誌コーナーで涼んでから戻った。寝室の片隅には参考書が積まれている。表紙に埃《ほこり》がたまっている。母はこの数週間、ろくに勉強していない。浅寄が現れたことで、自立への意志がくじかれてしまったかのようだった。

冷房の効きすぎたコンビニから家に戻ると、たちまち汗がにじんでくる。涼をとるための道具といえば、うちわか扇風機しかない。扇風機を強にして、畳の上に寝ころんだ。

夏休みとはいえ、やることはない。自由になる金もなかった。

開け放した窓から、蝉の鳴き声に混じって車のエンジン音が流れこんでくる。アパートの裏手にある駐車場では、利用者たちが車を動かしていた。片手で数えられるくらいの車がすべて走り去ると、そこはがらんとした砂利敷きの空き地と化した。どこからか学校のチャイムが鳴り響く。夏休みでもチャイムは規則正しく鳴るらしい。

蒸し器のなかに放りこまれたような暑さだった。皮膚の全域から汗が流れだし、寝ているだけで体力が奪われていく。

昼食に総菜パンを食べ、岳は眠り続けた。浅寄がここに来るのはたいてい夜だ。日没後よりも、昼間のほうがよく眠れた。いくら寝ても、眠気が完全になくなることはない。まどろみのなかで、岳は夢を見た。

最初に感じたのは煙草の臭いだった。父の喫《す》う煙草の臭い。鉄のような血の臭いもする。自分の血か、他人の血か。視界にぼんやりとした人影が広がっている。逆光を背負ったシルエットは黒く塗りつぶされている。どれだけ近づいてもその顔は鮮明にならない。岳は左手を伸ばしたが、人影は遠ざかる一方だった。

腰を蹴られた衝撃で、目が覚めた。

かたわらに浅寄が立っている。合鍵を使って勝手に入ってきたらしい。脇にはセカンドバッグを抱えている。起こしたのは自分のくせに、話しだそうともせず黙って岳を見下ろしていた。熱を帯びた浅寄の眼は、涙の膜で湿っている。

おもむろにしゃがみこんだ浅寄がようやく言葉を発した。吐息にはアルコールが載っている。顔を背けたくなるような臭いだった。

「……いつまで待たせんねや」

岳は身動きが取れず、寝ころんだまま聞いていた。

「お前らはいつになったら、俺んところに戻ってくんねん」

問われても、岳は答えを持ち合わせていない。浅寄はじれったそうに言う。

「お前は人質や。今から香奈子に電話かけろ。お前が呼び出せば、あいつも無視できんやろ。立て」

水が土に浸みこむように、岳はじわじわと浅寄の意図を理解しはじめた。浅寄はわざと、母が仕事に出ているときを狙ってこの部屋を訪れた。夏休み中の岳を連れ出し、人質にして母を脅す目的で。〈家族で一緒に暮らす〉ための準備が一向に進まないことに、浅寄は苛立っている。

岳は上体を起こした。まだ夢の延長線上にいるような心持ちだった。扇風機の送る風が耳元で雑音を立てている。弱音を吐きそうになる口を懸命に閉じた。浅寄は黙って見守るということを知らない男だった。

「お前、忘れたんか」

すぐにセカンドバッグから物騒なものが取り出された。スロットの金で買った改造拳銃。なぜ酒でも煙草でもなく、浅寄はこんなものをほしがったのか。かりそめの強さを手に入れたかったからか。肩書きに弱く、家庭のなかでしか強くふるまえない哀れな男が、実力以上の強さを手に入れようとして、力に頼った結果か。

うつむく岳の後頭部に冷たい金属が触れた。振り向かずとも、それが銃口だということはわかる。狂気に呑まれた父が、低く笑う声が聞こえた。死が触れられる距離にあることを、岳ははっきりと自覚した。

「撃ったらええやん」

扇風機の首を自分のほうに向けて固定した。岳はうちわがあることを思い出したが、浅寄の右手に握られた拳銃の恐怖で身じろぎすらできなかった。だらだらと流れる汗の不快さに耐えながら、曇りガラスの窓の外に感覚を集中した。

駐車場には男の声が響いている。おそらく警察だろう。スピーカーか何かを通してわめいているようだが、岳には聞き取れなかった。浅寄ははなから相手にするつもりがないらしく、扇風機の風を浴びてぐったりしている。

母と暮らす家に、銃を持った父とふたりきりでいること。アパートを警察に取り囲まれていること。遅れてきた脇腹の痛み。何もかもが、まるで現実感がなかった。やはりこれは夢の続きか、と思考が楽な方向へと流れそうになるたび、あの爆音がよみがえる。浅寄は確かに発砲した。あの拳銃は実弾を撃つことができる。

十分、二十分と経過するにつれ、屋外の喧騒《けんそう》は音量を増していく。ガラス越しに、ほうぼうから声が入り乱れて聞こえてくる。そろそろ母のもとにも連絡が届いたころか。

「お前、何してんねや」

岳は首を痛めそうな勢いで顔を上げる。自分でも気づかないうちにうつむいていた。不審な動きをしたつもりはない。

「何って……」

「部活とか、やってんのか」

部活、というあまりに似つかわしくない単語に、岳は面食らった。浅寄は息子の反応を待っている。仕方なく、岳は答えた。

「やってへんけど」

浅寄は少し考え事をするように宙を見てから、別の質問をした。

「部活は強制とちゃうんか」

「うん、まあ」

「俺の中学は全員強制やった。三年間、音楽部やった。一番楽やったからな」

浅寄は恥ずかしさをごまかすように、早口で言った。初めて聞く話だ。浅寄から過去の話を聞くこと自体が、今までにない経験だった。あいかわらず、濁った眼は陰鬱で、皮膚は血が通っていないかのように水気を失っている。それでも、発せられる言葉にはどこかみずみずしさがあった。

「部活は嫌々やったけどな、ギターだけは高校行っても続けた。香奈子と結婚するまではエレキ持ってたんや。お前が生まれる少し前に売ったけどな。三千円とか、そんなもんやった。あんまり安いから楽器屋のおっさんを脅して二千円上乗せさした」

駐車場の騒音を無視して、浅寄は続ける。時おり言葉を切りながら、思い出したようにその続きを語る。拳銃の筒を骨ばった左手がなぞっていた。

「香奈子とはな、友達に言われて会ったんや。姫路《ひめじ》出身の女で、俺と合いそうなやつがおるってな。あいつは半分家出みたいにして実家飛び出して、四条《しじょう》で飲み屋の店員やっとった。ちょっといかがわしい店やったけど、しゃべるだけで触るんはなしやったな。その店で最初に会《お》うて、それからは通い詰めて、口説いて、そのうちお前ができたんや」

過去を懐かしむ浅寄は、見たことのない表情をしていた。焦点の合わない瞳は虚《うつ》ろで、口元には微笑すら浮かんでいる。穏やかな語り口が、岳の恐怖をいっそう煽った。握られた拳銃を手放そうとはしない。

「今日はな、亀岡で花火大会があるんや。昔、三人で見に行ったんやぞ。お前がまだ二歳か三歳のときや。覚えてへんやろな。あれはたいしたもんやった。またあれを見ようと思ってな。七時半にはじまるから、それまでには会場に行ってへんとあかんな」

行けるはずがない。このアパートは警察に包囲されている。浅寄は正気を失っているのだろうか。問わず語りはやむ気配がなかった。

「昔、何回かスロットに連れて行ったん覚えてるか」

「うん」

「普通は小学生の入店なんか絶対に許されへんやろけどな。あの店は見て見ぬふりやったな。そういうことやってるから、つぶれたんやろけど」

岳にとってスロットは殴られる前兆でしかなかった。

「お前を連れて行くと絶対に負けたんや。ボロ負け。それがな、スロットなんかもうやめてまえって言われてるみたいで、気分悪かったわ。でもふたりで遊びに行く場所なんか他に思いつかんかった。しゃあないから、また連れて行って、また負ける。悪循環やな。お前、ギャンブルには向いてへんわ」

心配されずとも、手を出すつもりはなかった。五感すべてを奪うようなあの空間に足を運びたいと思ったことは一度もない。

浅寄はすっと手を伸ばした。岳ではなく、扇風機に向かって。羽根の後ろにあるスイッチを押すと、首がのろのろと回りはじめた。ふたりの間に置かれた扇風機は、平等に風を送った。

たったそれだけの行為に岳は驚愕《きょうがく》した。どんな形であれ、浅寄が思いやりを表現したのは初めてだった。この部屋が密室になってから、浅寄は人が変わったようだった。

一時間が経ったころ、浅寄は窓際に岳を呼んだ。

「窓開けて、外見てみろ」

浅寄は背後に立った。後頭部に圧力を感じる。触れてはいないが、また銃口を向けられているのだとわかった。

言われた通り、岳はガラス窓を開けて駐車場の様子を注視した。痛いほどの直射日光が降り注ぎ、反射的に目を細める。白っぽい視界のなかで、数台の警察車両と制服の警官たち、大勢の野次馬が見えた。岳の顔が見えたことで、彼らが一斉にどよめく。

「もうええ。閉めろ。早く」

急き立てられ、力をこめて窓を閉める。浅寄は顎で扇風機のそばを示した。

「香奈子はおったか」

岳は首を横に振った。浅寄は「そうか」と言い、あぐらをかいてうつむいた。

これだけの騒ぎになっていて、母に連絡が行っていないはずがない。どこか、すぐに駆けつけられない場所にいるのだろうか。パトカーか、安全な場所で待機しているのかもしれない。

それからは三十分おきに外の様子を確認させられたが、母の姿は見つけられなかった。浅寄は当初の饒舌が嘘のように、思いつめたような表情で黙りこくった。時おり水道の水を飲む以外、ほとんど動こうとしない。一時間以上もまともに話さず、じっと何かを考えているようだった。

ふたたび室内の緊張感が高まり、岳はじりじりと神経をすり減らしたが、次第に恐怖は麻痺《まひ》しはじめた。やがて、拳銃を見ても何も感じなくなった。足を崩し、口を半開きにして、壁に体重を預けた姿勢で、ずっしりと重たそうな金属の塊を見ていた。

たぶん、浅寄は人を撃てない。特に今日の浅寄には。いつもの浅寄とは別人のようだった。あの、家族の怯える顔を見て喜ぶ浅寄はいない。今ここにいるのは、拳銃を頼りに家族の絆《きずな》を取り戻そうとしている哀れな父親だった。なぜか今のほうがまともに見える。

四度目に外を見たときも、眼下の光景はたいして代わり映えがしなかった。警察車両からは絶えず音声が流れだしているが、母の声ではない。窓を閉じた岳が「おらんかった」と短く結論を伝えると、浅寄は小さくうなずいた。

やや陰ってきたものの、曇りガラスを抜けて室内に入ってくる光はまだ強い。

浅寄の目的は、母だ。息子は母をおびき寄せるための餌でしかない。この極限状況を終わらせるには、母を舞台に上げるしかなかった。窓から呼びかければ出てくるだろうか。自分が母なら出ていかない。こちらの状況が見えないからだ。しかし今日の浅寄なら、会話できるかもしれない。

緊張感は限界に近かった。尿意が我慢できなくなったかのように、岳は忙《せわ》しなく立ち上がった。顔をもたげた浅寄が「どうした」と問うた。

「呼んでくるわ」

近所にお使いに行くかのような、気安い口調だった。

「……香奈子をか？」

「呼んでくる。ここに、連れてくる」
岳は玄関に近づき、扉を封じているダイニングテーブルの脚をつかんだ。横倒しにされたテーブルは、砂利がこすれるざらついた音とともに動いた。母の知人から譲ってもらった家具は必要以上に重量があり、岳ひとりの力では数センチ動かすのもひと苦労だった。

勝手な真似をしても、浅寄はきっと撃たないだろうと思っていた。案の定、拳銃をつかんだ腕をだらんと垂らし、岳を見守っている。

長時間緊張を強いられたせいか、腕も足も疲れて力が入りにくくなっている。汗みどろになりながら、どうにかテーブルを十センチほど手前に引いた。扉は少しだけ開くが、身体を通すにはまだ足りない。

横合いから腕が伸びてきた。浅寄の腕だ。痩せ細った父の腕は、中学一年生の岳と同じくらいの太さだった。「せえの」と父が言い、ふたりでタイミングを合わせてテーブルを引きずった。拳銃が扇風機の手前に置かれていることには気づいていたが、奪うつもりはなかった。単なる脅しの道具なら怖くはない。

扉が開けられるようになったときには、ささやかな達成感があった。

岳はすぐさまドアノブに手をかけて引いた。薄い扉が開き、外廊下の空気が顔に触れる。室内よりずっと酸素が濃く感じられた。スニーカーに足を入れると、背後から切迫した声が追いすがった。

「待て。やっぱり行くな」

浅寄は迷子になった幼児のように、頼りなさそうな顔をしていた。

「ひとりにせんといてくれ」

浅寄は心のバランスを崩し、揺れ動く心情を持て余しているようだった。暴力、懐柔、絶望、哀願。一巡した感情はまた暴力へと戻るだろう。岳にはその予感があった。そうなる前に、母と会わせなければならない。

「戻ってくるから」

嘘ではなかった。岳は母をここに連れてくることでしか、この事態はもう決着しないと信じていた。

「嘘やったら、撃つからな」

今にも泣きだしそうな顔で、浅寄はそう言った。岳は力強くうなずき、外廊下を駆けだした。両親を救うために。父に殴られ、母に疎まれる自分に生まれてきた意味があるとしたら、このときのためだ。

汚れたスニーカーで階段を駆け下りる。どこからか、どよめきが起こった。人の気配が近づいてきて、急に視界が開ける。駐車場には二階から見たのと同じ光景が広がっていた。前線にいる警官隊に駆け寄りながら、岳は叫んだ。

「お母さん、知りませんか！」

絶叫は裏返り、高い声が砂利敷きの駐車場に響いた。暑さは感じなかった。流れた汗が目に入ってきて頬を流れた。手の甲で拭っている水分が汗か涙か、区別がつかない。午後の日差しを背負ったいくつもの人影が岳を発見して、慌ただしく何事かを言い交わしている。

警官隊の列からいくつかの影が飛び出してきた。人の形をした黒い物体が見る間に大きくなる。気づけば岳のスニーカーは砂利を踏んでいた。歩調を緩め、振るのをやめた腕から力が抜ける。

「なあ、お母さん、どこにおるん」

問いには答えず、警官のひとりが岳の腕をつかんだ。熱い手のひらだった。

そのとき、頭上から叫び声が降ってきた。悲痛な声に、岳は二階を振り仰いだ。開け放たれたガラス窓から上体を乗り出した浅寄が雄叫《おたけ》びをあげ、銃口をこちらに向けている。土色の顔に朱がさしていた。眼球を赤い血管がくまなく走り、拳銃をつかむ右手はぶるぶる震えている。浅寄はふたたび暴力にとり憑《つ》かれていた。

警官隊の誰もが浅寄のほうを見ていた。だがひとりだけ、岳から視線を外さない者がいた。岳の腕をつかんだ警官だ。彼には銃を構えた浅寄が見えていないようだった。

ふたたび、爆竹のような音が響いた。

改造拳銃はわずかに狙いを外した。

弾丸は岳の首の近くをすり抜け、警官の胸元へ撃ちこまれた。赤黒いしぶきが岳の顔や胸に飛んだ。強い太陽の光のせいで白っぽかった風景が、赤く染まる。熱い手のひらは腕から離れる。真っ赤な視界の中央で、警官の身体は踊るように仰向けに倒れた。

下半身の力が抜け、岳は砂利の上にへたりこんだ。指先についた血は、蜂蜜《はちみつ》を水で延ばしたような感触だった。言葉にならない悲鳴が声帯を震わせた。

それからの光景は、混乱というより暴動と形容したほうが似つかわしいかもしれない。怒号と悲鳴と車両のエンジン音が交錯し、撃たれた警官と岳は機動隊員たちによってその場から引き離された。浅寄は三発目を撃たなかった。去り際に岳が見たのは、木偶《でく》のような空っぽの眼でこちらを見る父の姿だった。

岳は救急車に乗せられ、病院へ搬送された。撃たれた警官も別の救急車へと運ばれた。岳の外傷は後頭部の殴打の痕《あと》と、脇腹を蹴られてできたあざ。致命的なケガではなかったが、付き添ってくれた警官はしきりに体調を気遣ってくれた。

「お母さんは」

「大丈夫。お母さんは別のところにおって、もうすぐ来てくれるから」

「ちゃうんです。早く、お母さんをあそこに連れて行かんと。取り返しがつかへん」

「安心しい。もう心配ないから。これから病院に行くからな」

警官は、岳が事件のせいで混乱しているとでも思いこんでいるようだった。嚙《か》み合わない会話を諦め、岳は浅寄が撃った警官が生きていることを祈った。まさか本当に撃つなんて。きっと何かの弾みで、誤って引き金に指をかけてしまっただけなのだ。浅寄を死刑にしたいという気持ちはすでに霧消していた。

手当てを受けてベッドに横たわる岳のもとに、入れ替わり立ち替わり大人たちが現れた。来るのは医師や看護師、警察の職員ばかりで、母はなかなか現れなかった。日が沈みきったころ、警察職員に連れられて母が病室に姿を見せた。母は胸の前で両手を握り、岳を見た。

「なんでなん」

母は二の句を継ごうと口を開いたが、舌先から言葉は生み出されなかった。部屋に家族以外の人間がいたせいかもしれない。母が何も言わないとみて、岳はずっと伝えたかったことを口にした。

「会わせなあかんって。あの人のところに連れて行かな、と思って」

「……私を連れて行くつもりやったん」

岳はうなずいた。母は虚空に目をやった。その視線の先は、浅寄が銃弾を撃ちこんだ虚空とつながっているような気がした。

「会ったら、私が撃たれてたで」

心臓を握りつぶされるような痛みが走った。父と母が会えばハッピーエンドを迎えるはずだという思いこみが、とんでもない幻想だったのだとようやく悟った。母は警察職員と小声で二言三言交わしてから、岳の耳元に顔を近づけた。

「あの人、死んだわ」

ささやくような声音に、鳥肌が立った。

「警察の人を撃ってからしばらくして、自分のこめかみ撃ってんて。即死やって」

必死に押し殺していたが、岳にはわかった。その声にはこらえようのない歓《よろこ》びが混じっていた。息子が恐怖にさらされたことへの怒りや、警官が亡くなったことへの悲しみより、夫がこの世からいなくなった歓びのほうが勝《まさ》っていた。

体温が下がっていく。岳は母から顔を背けた。

母への軽蔑《けいべつ》が芽生えたのはこのときだった。

どこからか発砲音が聞こえた。はっとして窓のほうを見たが、カーテンで屋外は見えない。破裂するような音は立て続けに鳴った。よく聞けば、銃声とは違う。もっと低くて、鼓膜より腹の底に響くような音だった。

花火だ。かつて、家族三人で見物に行った亀岡の花火。カーテンのあちら側にある夜空は、どんな風に彩られているのか、岳には想像もつかなかった。

母は疎ましげな視線を岳と同じ方角に向けていた。

部屋を出ていくまで、彼女は一度も岳の体調を案じる台詞を口にしなかった。


それから岳は繰り返し警察署に呼ばれ、立てこもりの最中やその前後の出来事について同じようなことを何度も尋ねられた。同時期に新聞や雑誌、テレビの記者やカメラマンが家に殺到した。この一件には〈京都丹前立てこもり事件〉という名が与えられ、警察官を射殺した男として浅寄准吾は全国に報道された。

あのとき亡くなった警官は、辰野泰文《やすふみ》という機動隊員だった。被害者のことは知りたくなかったが、一度だけ、新聞で生前の彼の様子を語る記事を読んだ。ベテランの機動隊員だった。妻と息子がいた。剣道は五段の腕前だった。息子も道場に通っていた。そういった情報のひとつひとつが、頭に焼きついて離れない。

脱出した岳を救助しようとした機動隊員のうち、彼だけが防弾ベストを着用していなかった。その隊員は本来前線ではなく、後方に控える役目だったらしいが、独断で飛び出したということだった。新聞記事では、府警の指揮系統の乱れが指摘されていた。

岳の腕をつかんだ熱い手。あの体温は二度と戻らない。目の前で警官が撃ち殺された光景は岳の瞼の裏に転写され、薄れる気配がなかった。眠るたびにフラッシュバックし、岳は数えきれないほど血を浴びた。

アパート周辺は野次馬が絶えず、落書きなどのイタズラが頻繁に起こった。窓には石が投げられ、割れたガラスは段ボールで補修した。ほぼ毎夜、深夜に玄関の扉が叩かれる音で目が覚めた。壁や扉にはスプレーで汚い言葉を書かれた。ごみを捨てに行くと、見知らぬ中年の男から「人殺しの息子が、顔見せんな」と怒鳴られた。母はコンクリートブロックを持った若い男たちに追いまわされた。

しばらくの間、警察に呼ばれたとき以外は部屋にとじこもって生活した。大家からはすぐに引っ越すよう言われたが、警察からの要請を理由にひと月だけ猶予をもらうことができた。

母は役所で手続きをして、すぐに姓を浅寄から倉内に戻した。実家とはもともと音信不通の状態で、こんな状況であっても祖父母と顔を合わせることはなかった。勤務先は辞めることになった。理由は知らないが、想像はできる。倉内香奈子として、母は就職活動をはじめた。

夫から解放された歓びに浸っていた母だが、再就職先が見つからないことには閉口していた。隠していても、浅寄准吾の妻だったという事実はどこからか知れ渡るらしい。新聞やワイドショーをにぎわせた警官殺しの家族。そのレッテルを知ってなお、大受け入れてくれる職場は皆無だった。特に母が希望していた行政書士事務所では、大方が門前払いだったらしい。事務員としての経験など無意味だった。

収入は断たれたが、母の酒量は増えた。毎日、一リットルの発泡酒を一気に飲んで昏倒《こんとう》するように眠りについた。顔を真っ赤に染めて眠る母の顔は、どことなく浅寄に似てきているような気がした。

警察からの呼び出しが終わり、事件から三週間ほど経つと、記者やカメラマンは潮が引くように一斉に姿を消した。野次馬も同時に消えた。イタズラは執拗《しつよう》に続いたが、それもずいぶん減った。

母が若いころに世話になったという人を頼り、舞鶴へと転居することになった。岳は府内ではなく、いっそのこともっと遠くへ行きたかったが、他に当てもない。部屋の引き渡しではクリーニング代として驚くほどの金額を請求されたが、母は必死で泣きついて半額にまで下げさせた。もとより、満額支払える持ち合わせはない。

丹前から日本海に面する港町まで、電車で二時間ほどかかった。真昼だったが、あの夜のことが思い出されてならなかった。母とふたりで、浅寄のもとから逃げ出した夜。あのときつながれていた手は、もう触れあわない。

母はパチスロ店の従業員として働きはじめた。浅寄がのめりこんでいたスロットの店で働くことになったのは皮肉だが、背に腹は代えられない。母子は会社借り上げのアパートに住めることになった。家賃がかからないのはありがたかったが、アパート内ではしょっちゅう盗難が起こり、頻繁に誰かの罵声《ばせい》が響いた。どこからか女の喘ぎ声も聞こえた。廊下の端には常に唾と吸殻と、その他諸々のごみが落ちていた。

家にいると、見知らぬ男たちがやってきては「金を貸してくれ」とせびるので、岳は自宅にいるのが嫌になった。母からも「学校に給食代払ってるんやから、昼だけでも食べてきて」と言われていた。気は進まなかったが、他に行く場所もないので学区の中学に通うことにした。

転校手続きから二か月が経った十一月、岳はみずから中学校に電話をかけ、担任教師を電話口に呼び出した。教師と話すのは引っ越した直後に挨拶に行って以来だった。しわがれた声は不登校からの復帰を喜ぶどころか、「今さら?」と迷惑そうに言った。その反応で、事件のことはもう知れ渡っているのだろうと察しがついた。

岳の脳裏に、事件後の記憶がよみがえる。見知らぬ他人からの悪意のまなざし。まるで母や岳までも犯罪者であるかのように扱おうとする人々。しかも学校には逃げ場がない。生徒や教師からの悪意は学校にいる限り岳を追いかけてくるだろう。だが、この部屋にとじこもっていると自分の心の一部が腐っていくような感じがした。学校に行けば、何かが変わるかもしれない。

新しい制服に袖《そで》を通し、岳は中途半端な時期に転校生として教室に現れた。

岳は教室で友達をつくろうなどと考えてはいなかった。今までと同じく、空気のような存在として過ごせばいい。それが自分を守る術だった。昼間過ごす場所と、給食と、最低限の学歴が得られればそれでよかった。

クラスメイトたちから、岳は明確に異物として扱われた。班分けがあれば誰からも敬遠され、遠巻きに観察され、いじめの対象にすらならなかった。一度だけ、机に〈ヒトゴロシ〉とマーカーで大書されていたことはあるが、じきに席替えのタイミングとなり、机は新品と交換された。給食はひとりで済ませた。同級生たちのひそひそ話から、やはり岳が浅寄の息子だと知られていることもわかった。

教室ではいつも自分だけが半透明の箱のなかにいるようだった。内側から外の景色を見ることはできるが、箱の外壁は〈人殺しの身内〉という言葉で埋めつくされ、外側からなかの様子をうかがうことはできない。

これから先、どこへ行ってもこの箱はついて回る。そしてこの箱は決して、内側から破ることはできない。

思いがけない形で岳が注目を浴びるようになったのは、冬休み明けの一月だった。

「おい、倉内。ちょっと来い」

六時間目の授業が終わり、腰を浮かせた岳に話しかけてきたのは、一度も話したことのない男子生徒だった。明るい茶色の髪は地毛には見えない。左耳にピアスの穴が三つ空いていた。手首にはジャラジャラとうるさいブレスレットを巻いて、腰には革のウォレットチェーンを下げている。柄がいいとは言えないが、金は持っているようだった。

「なに」

知らず、声に棘が生まれた。途端に相手の顔が曇った。

「なんや、その言い方。さっさと来いや」

くるりと背を向け、扉の外へと歩き出す。岳がついて来ないなどとは微塵《みじん》も想像していないらしい。岳は逃げようかと思ったが、この学校にいる限り完全に逃げきることは難しいだろう。仕方なく茶髪頭の後ろを歩いた。呼びに行かされるということは、きっと不良グループの下っ端なのだろう。

連れて行かれた部室棟の一階、今は使われていない部屋には一年の男子がたむろしていた。彼らは一様に、にやにやと不敵な笑みを浮かべている。部屋の奥には上級生らしき知らない顔もあって、彼らは対照的に退屈そうな表情をしている。着崩された制服やアクセサリー、鮮やかに染められた髪を見れば、褒められた素行の連中でないことは一目瞭然だ。部室には似たような雰囲気の男子生徒が十人前後もいた。

嗅ぎなれた煙草の臭いがした。誰か、浅寄と同じ銘柄を喫っているのかもしれない。床に落ちた吸殻は上履きで踏みにじられていた。

「これが立てこもり犯の息子か」

岳の死角で誰かがつぶやいた。

これから起こることはおおむね予想がついた。怖くないと言えば嘘だったが、殴られても蹴られても、我慢していればいつか嵐は去る。浅寄の、大人の男の拳に比べれば、まだ耐えられそうだった。

茶髪男は岳を部屋の中央に押しやり、後ろ手に扉を閉めて、誇らしげに言った。

「お待たせしました。好きなようにやったってください」

変声期前の甲高い声が、コンクリート打ちっぱなしの内壁に響いた。入口のそばにいた一年が、精一杯声を低めて岳に問うた。

「金持っとるか」

「持ってへん」

「おい。犯罪者の身内がイキってんちゃうぞ。殺すぞ」

「やったらええ」

岳の声は震えなかった。殺すぞ、という言葉には真実味がかけらもない。

退屈そうにやりとりを見ていた上級生のひとりが、鋭く命令を発した。髪は黒いが、真っ青な瞳をしている。色付きのコンタクトレンズだ。

「おい。お前、こいつとボクシングやれや。素手な」

茶髪男の顔に、驚きが弾《はじ》けた。とっさに一年の仲間たちに助けを求めるような視線を向けるが、誰もが無表情で顔をそむける。

「それええやん。やれ、やれ。審判やったるわ」

隣にいた上級生が早くも立ち上がった。坊主頭に剃りこみを入れている。引きつった笑みを浮かべた茶髪は、虚勢を捨てて上級生たちのほうへよろめいた。

「え、僕ですか。なんで、そんなん」

「お前が勝ったら、こいつのリンチ決定。お前が負けたら、ここにいる全員に一万円ずつ払えや。そんくらい持ってるやろ」

青い瞳は凍りつきそうなほど冷たい。

「一万ずつって……そんな、いきなり」

「ATMでおろしたらあるんやろ。金持ってへんしょうもないやつ連れてきた責任取れや。それか、今すぐお前のリンチやったってもええんやぞ」

上級生たちの顔にいやらしい笑みがはりつき、一年たちはお追従の笑いをあげている。悲愴《ひそう》感を漂わせているのは茶髪だけだった。本来怯えるはずだった岳よりも、はるかに腰が引けている。よっぽど喧嘩《けんか》に自信がないのか、それとも岳の平然とした態度に恐れをなしているのか。

「おい、人殺しの息子。お前も本気でやったほうがええぞ。負けたらマジでリンチやからな。覚悟せえよ」

最初にこの企画を口にした上級生が、口の端をつりあげた。

少しずつ、岳のなかの恐怖が別の感情によって駆逐されていた。全身が脈打つような感覚。それは怒りや憎しみとは似て非なるものだった。苛立ちにも似ているが違う。強いてより正確な言葉を当てはめようとするなら、それは衝動だった。

振り向けば、覚悟を決めた茶髪がファイティングポーズを取っていた。両手を前に突き出してはいるものの、腰が引けている。威嚇のつもりか、空《くう》を殴るたびにブレスレットが耳障りな音を立てる。まったくさまになっていないが、取り囲む不良少年たちは指笛を送った。いつの間にか、部室の中央で岳は向き合う格好になっていた。自然と感覚が研ぎ澄まされていく。

「ファイッ」

坊主頭が両手を交差させた。茶色い髪を振り乱して、相手は右の拳を振りあげた。

岳は茶髪を無視して、背後に身体を向けた。青い眼の上級生は平然としている。煙草をくわえて、安そうなライターで火を灯した。吐きだされた煙の臭いが記憶を刺激した。浅寄と同じ銘柄。

その顔に拳を叩きこむ。

吸殻まみれの床に、上級生が膝をついた。岳が殴り飛ばした右頬に手をあてている。

まさか自分が殴られるとは思っていなかったのか、動揺が露《あら》わになっている。鼻の穴からたらりと血が流れた。指先の血を見て、顔色が変わる。

岳の背筋を、今までに経験したことのない快感が駆け上がっていた。距離を詰め、今度は左拳を鼻の付け根にめりこませた。そこを殴られると戦意を失いやすいということを、浅寄に殴られた経験から知っていた。

「犯罪者の息子が、調子乗んな」

減らず口を利けなくするため、すぐさま三発目を見舞う。今度は無防備な左脇腹への蹴り。上履きのつま先がやわらかい肉にめりこんだ。相手は「おっ」とえずき、頭を激しく振る。

本能に従い、岳は拳の雨を降らせた。憎しみの矛先を向けるべきは哀れな一年ではない。やるならこいつだ。床で身体を丸める上級生の太もも、背中、腹、後頭部、そのすべてを手当たり次第に殴り、蹴りつけた。それは今まで岳が実の父から受けてきた仕打ちそのものだった。

自分が受けた傷はこんなもんじゃなかった。シャワーを浴びるだけで、一歩踏み出すだけで、叫び声をあげてしまうほどの痛み。このまま本当に殺されてしまうのではないかという恐怖。それを体験させるまで、暴力を止めるわけにはいかない。

――俺と同じ目に遭わしたる。

うつぶせで亀のように体を丸めた上級生は「やめろ」と怒鳴っている。それでも感情のたかぶりは収まらなかった。サッカーボールのように、脇腹を執拗に蹴り続ける。手加減はしない。全力で何度も蹴っているうちに、相手は横向きになった。今度は腹にかかとをめりこませる。

すべて、岳が浅寄にされてきたことだった。

残像の中の血と、真新しい内出血の痕。鳥肌が立つほどの寒気。油断すると奥歯が鳴りそうだった。恐怖ではなく快感のせいで。

「もうやめろ、やめろ」

我に返ったとき、岳はふたりの同級生に羽交い締めにされていた。足元では上級生がうずくまっている。口の端が切れたのか、頬に血の跡がある。制服は上履きの足跡で埋めつくされ、岳の拳には血とよだれと汗と涙が入り混じったものが付着していた。

岳はねばついた唾液を上級生の髪に吐いた。

「しょうもない」

岳は部室を後にした。他の連中は何も言えず、青い顔で岳を見送るだけだった。この部屋に集う男子生徒たちは不良といっても半端者ばかりだ。恐れる必要はない。帰宅してから思い出したように手の甲が痛んだ。

案の定、報復の気配はなかった。あのとき部屋にいた連中は、校内で顔を合わせてもふっと目を逸《そ》らすだけだった。それは青い眼の上級生も例外ではない。彼らは強者を相手に報復を企てるほど、無謀ではなかったらしい。

岳が上級生をぶちのめした、という噂はすぐに広まった。クラスメイトたちは岳への接し方を変えた。蔑《さげす》むような態度を取っていた連中ほど視線を合わせず、距離を取り、岳を避けるようになった。そういうやつらは、すれ違いざまに「おい」と声をかけるだけで身をすくめる。愉快な反応だった。

一度も喧嘩をしたことがない岳が、なぜ暴力で他人を圧倒できたのか。岳自身にはその答えがわかっていた。躊躇なく、全力で拳を振りぬくことができるからだ。どこかの時点でかかるはずのストッパーが、岳には最初から備わっていない。

この出来事を機に、岳は己の才能に気づいた。

他人に本気で暴力をふるうことができるという才能。

それは、浅寄の血が自分の身体にも流れていることの証拠であるように思えた。


一月の終わり、行政書士試験の結果が発表された。母は不合格だった。試験があったのは十一月だ。まさか事件の三か月後に試験を受けていたとは思わず、結果を聞いて初めて受験していたことを知った。

結果発表の夜、母は家の外でしたたかに酔い、日が昇ってから帰宅し、岳が起きると同時に眠りについてしまった。その寝顔は、ぞっとするほど浅寄に似ていた。元夫婦で、似ることもあるのだと知った。

進級した岳の学校生活に異変はない。友達はいないものの、浅寄の息子であることを理由に表立って嫌がらせを受けることもなかった。青い眼の上級生は一年上だったらしく、引き続き校内ですれ違うことはあったが、陰険な視線を受ける程度で実害はない。

二年の一学期から、体育の授業で剣道がはじまった。岳が通う中学では、二年の体育で男子は剣道、女子は創作ダンスをすることになっていた。

剣道と聞いて、辰野泰文のことを思い出さずにはいられなかった。剣道五段。父の影響で道場に通っていた息子。血を噴き出しながら倒れる光景がまざまざとよみがえる。二十代の体育教師は、二年の二学期まで剣道の授業が続くと告げた。これから半年余りも事件の記憶にさいなまれると思うだけで気が滅入《めい》った。

二千円で購入した竹刀を携えて体育館へ行くと、そこには体育教師の他にもうひとり、見知らぬ男性がいた。教師はいつものジャージだが、男性は道着と袴を着ている。身体が分厚く、肩幅が広い。撫でつけた頭髪は天井の照明の下、銀色に光っている。還暦前後だろうか。体育教師が彼のことを生徒たちに紹介した。

「これから剣道の授業にご参加いただく、柴田昭《あきら》先生です」

「こんにちは。よろしくお願いします」

初対面の中学生たちに、柴田は腰を折って深く礼をした。

「先生はボランティアとして、府内の中学や高校で剣道を教えておられます。うちの中学もそうやけど、武道経験のある先生がおらん学校も多いので、そういう学校に優先的に来ていただいてます」

「先生、何段ですか」

ムードメーカー役の男子が率先して質問した。柴田が「七段」と答えると、どよめきが起こる。辰野泰文の段位を、岳は知っている。剣道五段。警察学校に入ってからはじめた剣道の腕前。その影響を受けた息子。

体育教師の号令にあわせて、整列した生徒たちは素振りをはじめる。正面素振りを十本もやったあたりで、生徒たちの間からは「疲れた」「痛い」という声があがっていた。柴田は生徒たちの様子を見守りながら、時おり声をかける。

平気な顔をして竹刀を振っているのは剣道部員と、岳くらいのものだった。二十本振っても、三十本振っても、岳は軽い疲労を覚える程度だった。

「きみも剣道部員？」

腕を下げて休んでいる最中、横合いから柴田に話しかけられた。

「いえ……帰宅部です」

「そうか。いや、うまいから経験者かと思ったんやけど」

紺の袴に銀糸で縫われた柴田の名が、闇のなかで輝いて見えた。辰野泰文も、彼の息子も、こんな袴を穿いていたのだろうか。何を見てもあの事件のことを思い出す。

「名前は？」

「……倉内」

柴田は岳に興味を抱いたのか、その場を去ろうとしなかった。他の生徒は最初こそ柴田に物珍しそうな視線を送っていたが、飽きたのか、休憩中だというのに誰も話しかけに来ない。

「倉内くんは部活に興味ないんかな。ここの中学には剣道部があるみたいやけど。見たところ肩はやわらかいし、上背もそこそこあるから、ちゃんとやったら強くなれるで」

柴田は断言した。なぜそこまで確信できるのか、岳には理解できない。

「部活はやらん。家に金ないし」

「ここやったら、道着も防具も貸してくれるんちゃうかな。授業で剣道やるくらいやし。まぁ、人のお古なんて嫌やろけどな」

くすりともしない岳にかまわず、柴田は明るく笑ってみせた。積極的に話したくなるほどではないが、柴田に尋ねられたことなら素直に答えることができた。語り口は穏やかな人柄をうかがわせる。岳が接してきた大人のなかで最も、岳に対して誠実であろうとしているように見えた。

柴田は授業に来るたび、欠かさず岳に声をかけ、本格的に剣道をはじめることを勧めた。岳は深く考えることもなくそれを断り続けた。家にそんな余裕があるはずもない。母に懇願しても一蹴《いっしゅう》されるだろう。

それに、自分には剣道選手を名乗る資格などないとも思っていた。浅寄が撃った辰野泰文とその息子は、剣道をやっていた。仮に素質があったとしても、同じ競技をはじめることは彼らへの侮辱になるような気がした。

夏の気配が感じられるようになったころ、いつものように柴田から声をかけられた。

「跳躍もうまいもんやな。軸がびしっとしとる。腰がええんやろな」

「そう」

「やっぱり剣道教室に通ってみたらどうや。舞鶴には知ってる先生もおるし」

「この辺の人とちゃうん」

毎週授業のためにこの中学校に来ているので、てっきり柴田も舞鶴の人間だと思っていたが、口ぶりから察するに市外から来ているらしい。

「亀岡や。知ってるか。京都市の西」

「ここからどれくらいかかるん」

「車で二時間もかからんわ」

柴田は事もなげに言う。ボランティアのために毎週、京都の隣市から日本海に面した舞鶴まで車を飛ばすのはそう楽なことではないはずだ。

「それより剣道教室や。通ってみる気になったか」

「いや……それは、ちょっと」

「金のことか」

柴田の直截《ちょくせつ》的な物言いに岳は口をつぐんだ。

「いっぺん、頼んでみよか。そうしたら教室の先生も少しは融通利かしてくれるかも……」

「嘘や」

考える前に口が動いていた。

「金のことが、一番どうにもならんねや。金ならどうにかなるなんて、金持ってる人の考え方やで。どうにもならんときは、ほんまにどうにもならんねん」

口角泡を飛ばす岳に、柴田は硬い表情で「悪かった」と言った。

翌週、剣道の授業があった翌日に岳は体育教師から呼び出された。若い教師は岳と目を合わせずに言った。

「柴田先生から預かってるもんがある」

体育教員室に連れて行かれた岳は、部屋の隅に置かれた防具袋と竹刀袋を目にして言葉を失った。防具袋には真新しい防具一式と道着袴が、竹刀袋には新品の竹刀が二本入っていた。〈植木武道具〉と印刷されたビニール袋のなかに替えの胴紐まであった。立ち尽くす岳のかたわらで教師が面倒くさそうに言う。

「お前にくれるらしいわ。個人的なプレゼントはちょっと、って最初は断ったんやけどな。でも、どうしてもって言われて。うちもボランティアでさんざん世話になってるし、別にもらって困るものでもないから、学校に寄附するって名目で、とりあえず預かったけど。お前、あの先生のこと脅したんか」

「脅す？」

意味がわからず見返すと、教師はあさってのほうを向いたまま「いや」と濁した。

「受け取るか突き返すか、今決めてくれ。いつまでもこんなところ置かれへんからな」

害虫でも見るような目で、柴田からの贈り物を見下ろしている。岳はとっさに「持って帰ります」と答えた。教師は意外そうに、初めて岳の顔を見た。

「剣道なんかやってたんか」

「くれるんやから、もらっときます」

防具袋をかつぎ、竹刀袋を手にして、岳は部屋を後にした。

五限目と六限目の間だった。もうすぐ授業がはじまる時刻だが、岳は制服のまま体育館へ向かった。授業で使われていれば別の場所へ移動するつもりだったが、幸い、館内には誰もいなかった。上履きと靴下を脱いで素足になる。

片隅に防具袋を置き、竹刀を一本抜き取った。埃が舞う体育館でひとり、岳は竹刀を中段に構えた。柴田の指導が耳に残っている。

――肩の力を抜いて、左手の小指で柄頭を握る。

左利きの岳は、左手に力が入りがちだった。息を吐いて力を抜く。

――竹刀の延長線上に相手の喉がくるように、構える。

正面に思い描いた仮想の敵は、自分自身だった。

――竹刀を中心からずらさず、まっすぐに振りあげて、振り下ろす。

摺り足で一歩前に出て、振りかぶった竹刀を頭の高さまで一気に振り下ろした。耳元で風が悲鳴をあげ、すぐにかき消えた。

何度も何度も岳は虚空を打った。額や腕に汗が噴き出し、下着が濡れそぼっても、岳は動きを止めなかった。竹刀を振っている間だけは、頭を真っ白にすることができた。何も気にしていないふりをしていた。何も見えていないふりをしていた。でも本当は、すがることができるものを心から欲していた。このままでは、自分はきっとまた暴力をふるう。かりそめの強さを追い求めてしまう。そうなる前に、ひとつだけでも心の支えになるものがほしかった。

あの事件を言い訳に、岳は辰野泰文にかかわるすべての事柄から逃げてきた。しかし、それこそが亡くなった彼への侮辱なのかもしれない。浅寄が起こした事件の責任を引き受けることはできなくても、辰野泰文という勇敢な機動隊員がいたことを忘れずにいることはできる。そのためにも剣道から目をそむけるべきではない。これが彼の生きてきた証《あかし》のひとつであるならば、それを受け継ぐことは侮辱ではない。

チャイムが鳴り、肩に痺れが走ったところで岳はようやく竹刀を下ろした。校舎から生徒たちが下校する頃合いを見計らって、汗みどろのまま部室棟を訪れた。煙草の臭いが漂う部屋を躊躇なく開ける。室内では上級生がひとりで煙草を喫っていた。かつて青いコンタクトレンズを入れていた上級生の瞳は、今は緑色になっていた。

彼はくわえていた煙草を口から離し、虚勢のこもった声を発した。

「なんや」

「ちょっかいかけに来たんちゃう。剣道部の部室、どこや」

上級生は黙って天井を指さした。顔にはわずかながら安堵がにじんでいた。

階段で二階に上がると、開け放された窓から竹刀の柄が突き出している部屋があった。金属製のドアは閉じられている。内側からは話し声が聞こえた。同級生と殴り合いをさせられそうになったときより、ずっと緊張していた。

ノブに手をかけてひねると、きい、と音を立ててドアが開いた。

「入部希望なんやけど」

制服から道着袴に着替えていた部員たちは、ぎょっとした表情で振り向いた。岳は愛想笑いを浮かべようとしたがうまくいかず、顔が引きつっただけだった。


七月最後の日曜、東舞鶴《ひがしまいづる》駅から海へと延びる三条《さんじょう》通りは盛大な人出だった。普段は閑散としている歩道を、浴衣《ゆかた》の男女や家族連れが埋めている。立ち並ぶ露店には人だかりができていた。その雑踏のなかを、岳と母は並んで歩いていた。手はつないでいない。ふたりは家を出たときからずっと黙っていた。

今年、岳は十八歳になる。舞鶴に来て五年が経とうとしているが、この地で花火を見るのは初めてだった。商工会議所などが主催する〈ちゃったまつり〉では、日曜の夜に花火が打ち上げられる。

花火が見たい、と言いだしたのは母だった。母はこの花火大会を、舞鶴の最後の思い出にしようとしている。言葉にせずとも岳にはわかっていた。

母は八回目の挑戦で、ついに行政書士試験に合格した。彼女を合格にたどりつかせた原動力は、憎しみにも似た執念だった。とはいえ、資格さえあれば働き口が見つかるわけではない。彼女はパチスロ店で働くかたわら就職活動にいそしみ、九月から府外にある事務所で行政書士として働くことが決まった。どこに転居するつもりなのか、岳は聞いていなかった。

借り上げアパートは来月いっぱいで退去することになっている。

「私はひとりで行くから。これからは、あんたの好きにしたらええ」

岳は母の投げやりな言葉を、ひと月近くの間、何度も反芻《はんすう》していた。

中学を卒業してからは、宅配便の事業所で仕分けの仕事をしている。高校には金を貯めてから通うつもりだった。

剣道部には中学を卒業するまで在籍した。時には同級生から心無い言葉を投げられることもあったが、部員たちは岳に対しておおむね他の生徒と同じように接してくれた。

卒業してからも素振りだけは欠かさず続けた。辰野泰文の生きてきた証だと思うと、剣道から完全に離れることができなかった。中学三年で急激に伸びた身長のおかげか、深夜の公園で素振りをしていても妙な輩《やから》にからまれることはなかった。

柴田が舞鶴に来たときには連絡が来て、たびたび会った。携帯は持っていないが、借り上げアパートには備え付けの固定電話があり、柴田にはその番号を教えていた。

最後に会ったのは先月だった。ファミレスでテーブルをはさんで座った柴田に、岳は一部始終を話した。母が新しい働き口を得たこと、ひとりで転居すると言っていること、自分はこれからもずっとこの地にいるべきか迷っているということ。

柴田は難しい顔つきで岳の独白を聞いていた。話が終わると、腕を組み、天井を見上げた。何かを思案している顔だった。

「亀岡に来るか」

軽い気持ちで発した言葉でないことは、いつになく緊張した面持ちを見ればわかる。今の仕事は舞鶴でなければできないわけではない。亀岡にも働き口はあるだろう。

「そうしたら、また剣道もやれる。こっちに来たら俺が教えたる」

岳はそれに問いで返した。

「柴田さんは最初から、俺が浅寄の息子やって知ってたんですか」

沈黙はそれほど長くなかった。ああ、という柴田の返事を聞いて、岳は目を閉じた。頻繁に声をかけたのも、防具を贈ってくれたのも、岳の境遇を憐《あわ》れんでの行動だったのだと思うと、素直には喜べなかった。

「同情ですか」

「最初はそうやったかもしれん」

柴田は素直に認めた。

「でも、今は違う。単なる同情やない。岳の人生を見届けたい」

「なんで俺なんですか。俺の何が、気になるんですか」

柴田の顔を覆っていた緊張がやわらいだ。

「誰よりも剣道を必要としてるから」

母と歩いている間、柴田の言葉を反芻していた。海に近づくにつれて、人の密度は増していく。潮の香りが濃くなる。

花火のはじまる時刻が迫っていた。前後左右を立ち見客に囲まれ、岳と母も立ったまま夜空を見上げた。ふたりとも、量販店で買った安物のTシャツを身に着けていた。

「亀岡に行くわ」

岳がつぶやくと、はっとした顔で母が振り向いた。次いで、錆《さび》のように疲労がこびりついた顔に安堵がよぎった。岳はこの選択が間違いではなかったのだと悟った。

「知ってる人がおるから。そこでまた、宅配の仕事でも探すわ」

黒々とした夜を背負って、ひと筋の光が向こう岸から空へと昇っていく。月と同じ高さに達したとき、破裂音とともに弾けて四方へ散った。光の華は夜空を彩り、瞬《まばた》きする間に夜へと溶けた。次々と打ち上げられる華に、周囲から歓声があがった。

ごめん、と母が口走った。声はくぐもっている。母は両手で顔を覆っていた。

「ごめんな。でも、怖いんよ。あんた見てると、あの人のこと思い出すんよ」

そこから先は聞きたくなかった。花火の音でかき消えてしまえばいいと願った。しかし、母の言葉だけが切り取られたように、くっきりと岳の耳に届いた。

「だから……これからは、離れて生きていきたい。もう顔は見せんでほしい」

岳は観念したように空を見た。母子にとって最後の思い出となる花火は、銃声に似た響きを残して散っていく。終わるからこそ美しいものがこの世にあることを、岳は今まで知らなかった。

あのとき浅寄が引き金に指をかけていなければ、また違う人生もありえたのだろうか。人殺しの身内という烙印《らくいん》を押されず、陰に身を潜めるような生活を強いられることもなかったのかもしれない。しかし浅寄がすでにいない以上、憎しみをぶつけることすらできない。残された母と子にできるのは、息を殺して生き延びることだけだった。

岳が暴力の衝動に呑まれたのは、中学校の部室で先輩をぶちのめしたあの日だけだ。あれからは、できるだけ自分を刺激しないよう注意してきた。誰かに侮辱的な態度を取られても、見知らぬ他校の生徒が交わす自分の噂話を耳にしても、すべて受け流してきた。

自分には浅寄准吾の、殺人犯の血が流れている。

これからも、岳はできうる限り静かに生きていくつもりだった。犯罪者の息子であることを伏せ、何ひとつ刺激のない人生を送ること。それが岳のためであり、周囲の人々のためでもあると信じて。

美しく輝く花火の背後には、広大な闇夜が広がっている。岳は死ぬまで、暗い闇にまみれて生きるつもりだった。それがどんなに惨《みじ》めだとしても。

三

夜の領域になっても、太陽はまだ空に居座っている。夏至から一週間しか経っていない。岳は三つの段ボールを重ねて持ち、マンションの階段を駆け上がっていた。六月だというのに、最高気温が三十度を超える日が頻発している。酷暑の夏が訪れようとしていた。

夏場の集配を地獄と表現するドライバーは少なくない。高い温湿度のなか、小包を抱えて住宅街を走りまわるのは何かの罰としか思えないほど過酷だ。岳は十七歳からずっとそうしているように、黙々と働くだけだった。

届け先は、面と向かってクレームを受けたことのある男だった。扉の前に立ち、部屋番号を確認してインターホンを鳴らす。待ちかまえていたかのように、すぐさま扉が内側から開き、中年の男が顔をのぞかせる。再配達の常連で、長く伸びた前髪と、皮脂で汚れた眼鏡はあいかわらずだ。

「ええ加減にせえよ」

精一杯ドスを利かせようとしているのか、声が低すぎて聞き取りづらかった。男は荷物を受け取ろうとせず、じっと岳をにらんでいる。

「前にも言うたやろ。普通に考えろや。最初から昼に来んかったら、再配達頼む必要なんかないやろ。そうやろ。俺、間違ったこと言うてる？」

自分で配達時間を指定しておきながら、この男がしょっちゅう家を空けているせいで、岳が何度もここに足を運んでいるという事実は置き去りにされていた。岳が表情を変えないのが気に食わないのか、男はわざとらしくため息を吐いた。

「間違ったこと言うてるかって、質問してるんやで。答えは？」

「……すみません」

「間違ってないんやろ。な。頭使えば済むことやろ。わからんなぁ。なんでそれができひんのかなぁ。倉内さん。結構ええ歳やけど、これからもずっとこんなことするつもり？　営業所すっ飛ばして、本社にクレーム入れたほうがええんかな」

普段から鍛えているといっても、三つの段ボールを支えながら、的外れな説教を聞かされ続けるのは苦痛でしかなかった。

「倉内さん、学歴は？」

「高卒です」

少しずつこの仕事で得た金を貯めて、二十歳で通信制の高校に入った。きっちり三年で卒業し、自分の力で高卒の資格を得ることができたのは、岳にとって数少ない自信の源だった。

「そうやろなぁ」

男は岳の答えに満足げにほほえみ、ようやく荷物を受け取った。

「これからはお客様のこと第一に考えなあかんで。こっちは利用者なんやから」

「申し訳ありませんでした」

頭を下げた岳の前で、乱暴に扉が閉められた。すぐに背筋を正して集配作業に戻る。

階段を下りている最中に携帯電話が鳴り、再配達依頼を告げられた。相手は今すぐ届けに来いという。岳は疲労を押し殺し、できるだけ早く向かいます、と答えた。流れ出る汗をタオルで拭う。

どれだけきつくても、愚痴をこぼさないのが岳なりのルールだった。人殺しの身内が弱音を吐いてはならない。犯罪者の息子が感情を表に出すことは許されない。そんな自意識が働いていた。

——死ぬまで、こうして生きていくしかない。

運転席に座り、ハンドルを握った瞬間に私物の携帯電話が震えた。かけてきたのは植木だった。試合はとうに終わっている時間だ。少しだけ迷ったが、岳は携帯を放置した。何を言われるかはわかっている。

今日、国体予選が武道センターで行われた。観戦には行っていない。優亜の結果は気になったが、辰野と遭遇するのが怖かった。植木から責められるのは目に見えている。他にわざわざ電話をかけてくる理由が思いつかない。仕事を中断してまで出るべき電話ではなかった。

着信はしばらくすると切れたが、またすぐにかかってきた。三度目に震えだしたとき、岳は電源を切った。静かになった携帯を助手席に放って、岳は集配を続けた。

その日の仕事を終え、事業所を出たのは十時近かった。空腹を抱え、帰路を歩きながら携帯の電源を入れると、植木からの着信記録が七件残っていた。夜道で光るディスプレイを目にしたとき、親指がかすかに震えた。何か切迫した事態が起こっている。

四件目の着信で残されたメッセージを、急いで再生した。

『ああ、植木です。岳、どうしたんや。仕事中か。ちょっと大変なことになった。気づいたらすぐにかけ直してくれ』

メッセージはそれだけだった。電柱のそばに立ち止まり、岳は植木にかけ直した。

一コール目が終わらないうちに、植木が応答した。

「岳か。今どこおるんや。仕事か」

「終わって、今気づいたんです。どうしたんですか」

「明日の昼間、出られるか」

質問をはさむ余地がないほどの早口で、植木はまくしたてる。岳が理由を尋ねようとするより先に、植木が言った。

「柴田さんが倒れた」


総合病院の建屋は、ひと目で年代物とわかる外観だった。白かった外壁はくすみ、墨をこぼしたような雨垂れの跡がいびつな線を引いている。ブロックを積み重ねたような野暮な造りも時代を感じさせる。ただ、その古さが不思議と下町の光景に溶けこんでいた。

面会時間の開始にあわせて、岳は午後一時ちょうどに病院へ到着した。今はできるだけ、誰とも顔を合わせたくない。

面会者用のストラップを首から下げ、病室の階までエレベーターで上がる。病室には四床のベッドがあり、そのうち三床が埋まっていた。柴田のベッドは入って右手の窓側にあった。

ベッドを囲むカーテンの外から「倉内です」と声をかけると、「来てくれたんか」と返事があった。柴田の声は心なしか弱々しかった。

家族がいるかもしれないと思ったが、柴田はひとりだった。ベッドに横たわる柴田はやや青白い顔をしていたものの、いつもとさほど変わらないように見える。昨日のうちに誰かが届けたのか、病院着ではなくパジャマ代わりの作務衣《さむえ》を着ていた。ベッドに寝ている柴田の生気は衰え、年齢相応に老いて見えた。

「ご家族は」

「昨日嫁さんが来た。そこ、座り」

岳は勧められるまま、パイプ椅子に腰かけた。

「試合中に倒れたそうですね」

昨夜、植木からそう教えられた。

武道センターで国体予選の審判を務めていた柴田は、大会の終盤に差しかかろうとしていた昼過ぎ、試合の最中に突然膝から崩れ落ちた。試合は中断され、その場にいた教員がすぐに人工呼吸にとりかかり、胸骨圧迫とＡＥＤで処置をしてくれた。速やかに救急車で搬送されたが、会場は一時騒然とした。植木はそうしたことを早口で語り、できるだけ早く見舞いに行くよう岳に勧めた。なぜ国体の応援に来なかったのか、とは最後まで訊かれなかった。

「心臓が悪かったんですか」

「そこまで悪いとは思わんかったわ。血圧の薬はちゃんと飲んでたんやけどな」

発作で倒れた翌日とは思えないほど、柴田は平然としていた。岳がじれったくなるほど落ち着いている。

「じっと寝てるといろんなこと考えるもんやな。家のこととか、剣道のこととか、ずっと昔のこととかな。長いこと忘れてたんやけど、ここに来てから、そのときのことばっかり考えてもうてな」

顔色はすぐれないが、柴田は饒舌だった。その饒舌さが、岳には不穏に感じられた。まるで時間切れを恐れ、焦っているような話しぶりだった。開け放された窓からブナの葉擦れの音が聞こえた。

「訊いてもいいですか」

尋ねるなら今しかない。柴田は何かを話したがっている。岳は病室を見まわした。同室者が誰もいないことを確認し、カーテンを閉め、皺の深くなった柴田の顔に視線を移した。

「なんや」

「勘違いならごめんなさい」

「もしかして柴田さんも、犯罪者の家族なんじゃないですか」

ずっと考えていた。なぜ、見ず知らずの柴田が岳に目をかけ、剣道具を買い与え、亀岡に移るよう誘ってくれたのか。なぜ、加害者家族の気持ちがわかるのか。それは、柴田自身もまた同じ境遇にいるせいではないか。

確信した理由は植木との会話だった。仮に優亜が犯罪者になったら。植木がその問いを一蹴すると、柴田は激昂《げきこう》した。彼は自分の意思とは関係なく、家族が犯罪者になりうることを経験から知っている。そうでなければ、激怒する理由がない。

岳の質問を境に、病室の空気が変わった。柴田は顔色を変えなかったが、観念したようにつぶやいた。

「ずっと前から、いつか言おうと思っていた……でも怖かった。たとえ相手が岳だとしても。岳ならわかってくれるという保証は、どこにもないからな」

柴田の告白は京都弁ではなく標準語だった。

「出身は、関東ですか」

「生まれも育ちも東京で、四十七まで住んでた」

東京出身だということを岳は初めて聞いた。ただ、時おり標準語に変わることがあったから意外だとは思わなかった。

「いつ、大切な人が事件に巻きこまれるかは誰にもわからない。同じように、いつ大切な人が加害者になるか、それもわからない。わかった気になるのが一番恐ろしい。その時点で思考が停止するからな。そういう人間ほど、家族が犯罪者になったときに激しく取り乱す。私みたいに」

廊下から誰かの足音が聞こえ、岳は身体をこわばらせた。やがて足音は病室の前を素通りしていった。肩から力が抜ける。

作務衣の前を掻《か》き合わせると、柴田はかさついた唇を湯呑みの水で湿らせた。

「古い話しても、ええか」


柴田は学生時代から剣道で名を知られていた。

全国では上位に行けなかったものの、警視庁や神奈川県警、実業団の強豪から熱心に誘いが来た。裕福でない家庭に育った柴田は給与の額面を見比べ、会社員になることを選んだ。実業団で活躍し、三十代で七段に昇段し、会社の剣道部の監督も務めた。妻がいて、息子と娘がいた。仕事は多忙で、少ない休日も剣道部の活動に忙しく、ほとんど家にはいなかった。

息子がキッチンの包丁を持ち出して教師と同級生たちを刺したのは、高校一年のときだった。刺された五名の被害者は死には至らなかったものの、いずれも重傷を負い、身体に障害が残った被害者もいた。息子は人間関係のもつれが犯行の動機だと語った。

柴田の一家はメディアに追われた。テレビ、新聞、雑誌、あらゆる種類の記者が柴田や妻や娘の生活を追いまわした。自宅の周辺には常に人の影があり、出勤途中や帰宅途中、幾度となくマイクを向けられた。記者に無断で庭に立ち入られたり、窓越しに生活を隠し撮りされるのは日常茶飯事だった。塀や外壁に、数えきれないほど汚い言葉を落書きされた。

妻は外出できず、娘は不登校になった。柴田は隙を見て、ふたりを妻の実家に逃がし、ひとりで自宅に残った。

記者たちが問うことはおおよそ同じだった。息子さんの犯行に責任を感じていますか。どう責任を取るつもりですか。被害者の皆さんに伝えたいことは。

柴田は何度も、カメラの前で頭を下げた。謝って許されることではありませんが、被害者の皆さんには申し訳のない気持ちでいっぱいです。あまりに何度も口にするせいで、それが謝罪の台詞であることを忘れそうになった。

ある記者はこう尋ねた。

「お父さんは有名な剣道家だそうですね。竹刀の扱いはお上手でも、刃物の使い方は息子さんに指導されなかったんですか」

あらゆる感情を押し殺して、柴田は耐えた。申し訳ありません、と頭を下げた。

会社から退職するよう言い渡されたのは事件の翌週だった。拒否することはできなかった。

数日で目に見えて白髪が増えた。しかし白髪を染めることすら不謹慎なように思えて、白くなるにまかせた。やがて、遠目には真っ白に見えるほどになった。

ある日、柴田は妻の両親に呼び出された。妻と娘と義両親とで昼食を取り、娘がダイニングから別室へ移ったのを見計らって、妻の父が言った。

「きみには、子どもは育てられないだろう」

きっぱりとした言い方だった。憔悴《しょうすい》しきった妻は、ずっとうつむいていた。出前の寿司《すし》はほとんど手がつけられていなかった。

「仕事なら、見つけます」

「経済的なこともあるけど……」

口を濁した義父に代わって、今度は義母が言った。

「あのね、私たちは本当に心配しているんです。失礼だけど、柴田さんと一緒に暮らしていると、あの子までそんなことになりやしないかって」

義母の視線は、娘が消えたドアに向けられていた。

そういうことか、と柴田はようやく理解した。柴田が育てた息子は犯罪者になった。だから、娘も犯罪者になるのではないかと、そう考えているのか。

沈黙した柴田に、義父は穏やかな口調で言った。

「子どもたちのことは我々が面倒を見るから。警察にいる彼のこともふくめて。だから、きみとの縁はもう終わりにしたいんだよ」

さらりと口にされた言葉は、柴田の胸に刺さった。

義父は鉄道会社の上級管理職を務め、義母はその会社の元役員の娘だった。柴田の両親には頼りになるような資産はない。妻や娘と離れて暮らすのはつらい。しかし、いくら反論したところで勝てないこともわかった。

すでに懐柔されているのか、妻は黙りこくったまま柴田のほうを見もしなかった。

徐々に引き伸ばされた糸が、ついにぷつりと切れた。柴田は家庭を諦めた。

「ひとつだけ、うかがってもいいですか。なぜ、おふたりが育てれば大丈夫だと言えるんですか」

義父の顔がこわばった。

義母は顔を朱に染めて怒りだした。

「当たり前でしょう。私たちの娘は犯罪者じゃないでしょうが。だから、私たちが育てれば犯罪者になるわけがないんですよ。仮にそれでも犯罪者になったとしたら、それは今まであなたが育ててきたせいですよ」

義両親はその日さっそく、柴田に離婚届を書かせた。妻は疲弊していたせいか、それとも本当に柴田と暮らしたくなかったのか、いっさい抵抗しなかった。娘は別の部屋に移ったきり、一度も姿を見せなかった。

辞去する間際、義母がため息混じりに言った。「失敗だった」

落書きだらけの自宅を二束三文で売り、生まれ育った東京を離れ、知り合いのいない京都で仕事を見つけた。

妻に会えないことは、不思議なほどすんなりと受け入れられた。自分と妻は、結婚すべきではなかったのだ。息子に対しても、犯罪者にしてしまった以上はもう会う資格はないと思えた。

ただし娘にだけは未練があった。何度か元妻の実家に手紙を書いた。家の周辺で待ち伏せをしたこともある。しかしある日、このままでは自分までもが犯罪者になってしまうと思った。これ以上、身内に罪を犯す人間を増やしてはならない。警察の厄介になる自分を、娘は軽蔑するだろう。それだけは避けたかった。石が潮に流されて磨《す》り減るように、娘への執着は磨耗し、やがて消えた。

還暦直前に今の妻と出会い、籍を入れた。事件のことを包み隠さず話したが、相手は受け入れてくれた。

事件からもうすぐ三十年が経つ。事件を起こした息子は今年、四十五歳になる。

「生きてたら、やけどね」

ベッドに横たわる柴田は、そう付け足した。いつからか、口調は京都弁に戻っていた。

「もう、そのころの家族とは会いたいとも思わん。寂しくもない。でも、なんであぁなってしまったんかな、とは思うんや」

「……この話を知ってるのは」

「今の嫁さんだけやな」

岳は膝の上で拳を握りしめ、唇を噛みしめた。

もっと早く言ってくれれば、と思う一方で、それができなかった理由も岳にはわかる。もし岳が誰かに漏らせば、柴田が亀岡で築いてきた生活は崩れてしまうかもしれない。同じ立場だからこそ、岳にはその恐れが理解できた。

夫は包丁が握れない、と柴田の妻が言っていた。きっと、それは料理が不得意というだけの意味ではない。柴田が包丁を握れないのは、息子が犯行に使った道具だからだ。岳が玩具でも銃を怖がるように、柴田にとって包丁は今でも忌避すべきものなのだ。

「岳が通ってた中学校に剣道教えに行ったんは、偶然とちゃう」

え、と岳はつぶやいた。柴田はうっすらと笑っている。

「立てこもり事件で、父親に人質に取られた息子のことはずっと引っかかってたんや。別の学校で、そのときの息子が舞鶴の中学校に転校したって聞いて、似たような境遇の子どもがいると思ったら、動かんわけにはいかんくてな」

柴田は最初から、岳と会うためにあの学校へやって来た。ありがとうございます、と岳は頭を下げた。柴田は何も言わず、窓の外に目をやった。病院の裏手では、ブナ林が青々とした葉を茂らせている。

「岳を大会に出場させへんのは、岳を守るためやった。人目についたら何を言われるかわからんし、何をされるかわからん」

「柴田さんは間違ってません」

「……そうやろうか」

柴田は風に揺れるブナの樹々を慈しむように見ていた。

「岳を守るふりして、檻に閉じこめてたんちゃうかと思ってな。岳には胸を張って生きる権利がある。そのことを忘れてたような気がしてな。今までずっと善人の面をして、権利を奪ってきたんかもしれへん。特に、倒れてからはそう思うんや」

「そんなことはないです」

この十年間が檻だとすれば、こんなに平穏で幸福な檻はない。柴田は咳《せ》きこみ、ふたたび湯呑みの水をすすった。しゃべり通しで体力を消耗したのか、表情からいっそう生気が抜け落ちたような気がした。

「お前がしたいことをしたらええ」

「したいことなんて、ありません」

柴田が岳の名を呼んだ。はい、と答える声がかすれた。

「それなら死ぬまでに、岳の剣道がどこまでのものか見してくれへんか」

それは、試合に出ろ、という意味だった。

居合道ならともかく、剣道は体操やフィギュアスケートのようなひとりで行う競技とは違う。戦う相手がいて初めて試合は成立する。柴田は岳の本当の強さを知りたがっている。真剣勝負の公式戦以上に力量が現れる場はない。

予想もしなかった頼み事だった。岳は目を逸らした。

「縁起悪いですよ」

「一回だけでええ。自分の人生が間違ってなかったっていう、証がほしいんや。今まで大会に出るなって言うといて、勝手な頼みやってことはわかってる。だから、一回だけ。岳がどこまで強くなったんか、知りたいんや」

明日にも柴田の体調が急変しないという保証はない。出るなら少しでも早いほうがいい。そうなれば、今から出場できる公式戦はひとつしかない。

「全日本に出ろってことですか」

柴田はうなずいた。

八月の終わりに行われる全日本選手権の京都府予選には、府内全域から腕に覚えのある猛者《もさ》が集まる。岳の実力を試す場としては申し分ない。国体では選手が年齢別に分けられてしまうが、全日本では学生もベテランも同じ土俵の上で戦う。無条件で、最も強い者を決めるのが大会の目的だった。

しかし、全日本予選の模様はテレビで府内に放映される。浅寄准吾の息子だと知れたときのことを想像すると、出場することをすんなりとは決断できなかった。

わかりました、と答えたくても、岳の唇は動かない。

葉擦れの音が絶えると同時に、病室の出入口から足音が聞こえた。ふたつの足音はまっすぐ柴田のベッドへ近づいてくる。カーテンを開け、顔をのぞかせたのは植木だった。後ろには優亜もいる。

「どうも、どうも。お、岳も来てたんか。声かけてくれたら一緒に車で来たのに」

植木は屈託のない調子で、別のパイプ椅子に腰かけた。優亜は岳の前でどうふるまえばいいのかわからず、戸惑っているように見える。岳は反射的に椅子から立ち上がっていた。

「じゃあ、これで」

「なんや、帰るんか。もう少しおったらええやんか」

引き留める植木に会釈をして、岳はベッドから離れた。去り際、柴田は真剣な面持ちで岳の顔を見ていた。頼み事を忘れるな、と言われているような気がした。

廊下に出て少し歩いたところで、岳さん、と呼び止められた。優亜だった。近くで見ると、彼女はうっすらと化粧をしていた。大人になったんだな、と岳は妙な感慨を抱いた。

「この間は、すいませんでした」

優亜がまっすぐに頭を下げた。手を腿《もも》の側面につけた、きれいな礼だった。

「正直言ってまだ受け入れられへんけど。ショックはショックやねんけど。でも、岳さんが悪い人ちゃうってことだけは、わかる。七歳からの付き合いやから」

顔を上げた優亜は笑おうとしたが、緊張のせいか頰に妙な形の皺が寄っている。

「ちょっとだけ、時間かかるかもせぇへん。ほんまにごめん。でも、そんなに長くはかからんと思う。だからもう少しだけ待って」

一時しのぎの台詞でないことは、優亜の悲壮な表情を見ればわかる。岳は顔をうつむかせた。これ以上優亜の顔を見ていると、感情が決壊してしまいそうだった。

「ありがとう」

それ以外、口にすべき言葉が見つからなかった。

「あ、あとな、国体あかんかった。あと一勝のところで負けたわ。また稽古してな」

優亜は照れ隠しのようにそう告げると、またね、と言って小走りで去っていった。

彼女は岳の過去を知って、衝撃を受けつつも向き合おうとしている。柴田や植木のような父性的な受け入れ方ではない。優亜は同じ目線の高さで、対等の立場から受け入れようとしている。それは大きな救いだった。

この病院に来てから初めて、岳は泣きそうになった。ひとりきりのエレベーターで、岳は目の縁からこぼれた涙を指で拭った。

もしかしたら、堂々と生きてもいいのかもしれない。

殺人犯の息子でも、普通に生きることができるかもしれない。

病院のホールを抜けて外に出ると、風が吹いていた。鼻先を新緑の香りがかすめた。


見舞いの翌日から、岳は稽古を再開した。

決断とまでは言えなかったが、柴田からの頼み事を聞き入れてもいい、と思えるようになっていた。健康でありながら、漫然と稽古を休み続けていることへの罪悪感もあった。

優亜の態度は、今までと同じとは言いがたかった。挨拶をする表情はぎこちないし、配送で顔を合わせても数言交わす程度で、無駄話に花を咲かせることはなくなった。ただ、麦茶だけは必ず準備してくれた。時間がかかったとしても、受け入れようとしてくれる姿勢だけで岳は嬉しかった。

稽古は副代表の植木が仕切ったが、柴田がいるときに比べて、生徒たちの動きは精彩を欠いた。一週間もすると欠席が目立つようになり、生徒たちの私語や手抜きも増えた。

稽古後の雑談で植木がぼやいた。

「あの人はすごいな。おるだけで場がぴしっと締まる」

岳は植木の実力不足だとは思わなかった。ただ、亀岡剣正会にとって柴田の存在が大きすぎた。植木はしんみりした空気を払うように、明るく言った。

「そういえば国体予選の結果、聞いたか」

優亜が敗れたということ以外、何も知らない。そう伝えると、植木は鞄に入れっぱなしになっていたパンフレットを引っ張り出して、見せてくれた。岳はまず少年女子の部に目を通した。パンフレットには、几帳面《きちようめん》に全試合の結果が書きこまれている。優亜は延長戦の末に敗れていた。そのページだけふやけた痕跡があるのは、植木が手に汗を握って観戦していたせいだろうか。

次に成年男子のページを開く。成年男子の代表選手は、ポジションによって年齢の枠が決まっている。植木が口をはさんだ。

「先鋒《せんぽう》、見てみ」

二十五歳未満が対象となる先鋒の部で優勝したのは、京都府警の辰野和馬《かずま》という男だった。隣の植木を見ると、目を細めている。

「岳が剣道形の講習会で会うたんは、たぶんこの選手や。去年も代表になってた」

辰野は警察官や有名私大の学生を相手に、ほとんど無傷で優勝していた。

「強いんですね」

「特練や。たぶん今、府警で一番強い」

岳は誰が強いだとか、どの道場が強いだとかの事情に疎いが、それでも特練という制度は知っている。剣道や柔道などの術科の訓練をするよう、特別に指定されている警察官のことだ。誰かが、特練は〈剣道のプロ〉だと言っていた。例年、全日本選手権の出場者のうち七、八割を警察官が占めているのも特練の影響が大きい。

府警で一番ということは、京都で一番ということとほとんど同義だった。

「植木さんは前からこの選手のこと知ってたんですか」

「これでも一応、武道具店やってるからな」

限りなく苦みが勝っている植木の笑みから、岳は悟った。

辰野和馬は間違いなく、あのとき亡くなった警察官の息子だ。植木はずっと前からそのことを知っていたが、岳の耳に入ることを避けて黙っていた。その植木が、このタイミングでみずから辰野の存在を明かしたことには意図があるはずだった。

柴田の見舞いで、岳と入れ替わりに植木親子が病室を訪れたことを思い出す。あのとき柴田は例の頼み事について話したのかもしれない。

「去年の全日本予選には出てたんですか」

「出てた。決勝で特練の主将に負けたけど、めちゃくちゃ強かった」

講習会で目の当たりにした剣道形がよみがえる。上段から振り下ろされる木刀の勢いと、本当に斬られると思うほどの殺気。全日本予選に出れば、あの男とも戦うことになるかもしれない。岳の恐怖心を読んだように、植木が言った。

「もし、岳が出るつもりなら応援するわ」

――しょうがない。

覚悟を決めた。

正直に言えば、辰野がいる大会に出るのは気が引ける。彼が岳を憎んでいることは、木刀を構えて対峙した数十秒で嫌というほど伝わってきた。それでも病床の柴田が満足するなら、出場する価値はある。

植木の店で竹刀を買い、自宅に帰った。柄革《つかがわ》も先革《さきがわ》も中結もついていない、四つの竹片を束ねただけの状態だった。フローリングにあぐらをかき、天井や壁にぶつけないよう注意しながら、素裸の竹刀を軽く振ってみる。

亀岡に来てからの十年、岳は竹刀で作られた檻のなかで生きてきた。柴田たちに守られ、多感な時期を狂気に呑みこまれることなくやり過ごすことができた。

しかし、自分の足で人生を歩む時期が来ているのも確かだった。いつまでも他人に主導権を握ってもらうわけにはいかない。檻から踏み出し、生きていく術を身につけなければならない。全日本予選への出場は、その第一歩になる予感があった。

かつての岳は、剝《む》き出しの竹刀と同じだった。どんなに精巧に作られていても、付属する部品がなければ剣道に使うことはできない。十年をかけて、柴田は岳を試合で通用する竹刀に育ててくれた。

剣道は不思議な競技だ。全身に防具をつけ、わざわざ攻撃力を落とした竹の刀を使い、安全を確保したうえで殴り合う。矛盾しているが、きっと、放っておくと人間はどちらかが死ぬまで殴り合ってしまうだろう。防具や竹刀を使わないと理性を保つことができない生き物だからこそ、剣道という競技が成り立つ。

剣道がなければ、岳も浅寄と同じ道をたどっていたかもしれない。暴力の衝動に駆られなかったのは、竹の刀で相手を打つことばかり考えていたからだ。岳にとって自分の剣道を否定されることは、人生を否定されることに等しい。

勝てば、新しい一歩を踏み出せる。しかし負ければ、どうなる。

誰と対峙しても、一歩も退《ひ》かないつもりだった。退路は用意されていない。檻は崩れた。前に出られなければ、暗闇の底に落ちるしかない。全日本予選への出場は、これからの人生を決める賭《か》けだった。

たとえ相手が辰野和馬でも、もう退くことは許されない。

岳は心の奥でうごめく獣の血を鎮めるため、一心に竹刀を振り続けた。

第二章　父の眼

一

竹刀が止まって見えた。

和馬は、昭和の野球選手が残した「ボールが止まって見える」という言葉を思い出した。時速百数十キロで飛んでくるボールが止まって見えるはずがないと思っていたが、それは事実だったと認めざるを得ない。相手が振り下ろす竹刀が止まって見えた。

――よくこれで特練生が務まるな。

和馬はのんびりと竹刀を払った。先輩特練生はバランスを崩して右に傾く。和馬は余裕をもって後退し、相手の面に竹刀を叩《たた》きこんだ。審判を務める同僚が、面あり、と告げた。竹刀を納め、次の特練生と交代する。

――三年目の若手にいいように負けて、恥ずかしくないのかね。

実に手ごたえのない練習試合だった。椅子に腰かけて試合を見物している榊《さかき》監督を、横目でにらむ。

——そもそも俺の相手に、こんな雑魚《ざこ》選ぶなよ。

試合の組み合わせを決めたのは榊だった。和馬の相手は団体戦のレギュラーだったが、実力は不釣り合いと言うしかない。もっとも、特練のなかで和馬と五分の勝負ができるのは主将の村井《むらい》くらいのものだった。

練習試合が終わると、打ちこみ稽古《げいこ》に移った。

特練生たちは全身から蒸気を立ち上らせて竹刀を振り、いつ終わるとも知れない稽古に没頭する。まだ六月だというのに、胃袋まで汗をかきそうな暑さだった。熱を持った呼気が面の内側に充満する。息苦しさが疲労によるものか、暑さによるものかはわからない。顔にびっしりと浮いた汗が訓練の過酷さを表している。

警察組織では剣道や柔道、逮捕術、拳銃《けんじゅう》操法、救急法、体育が〈術科〉と総称され、警察官が日常的に訓練すべき科目として定められている。指導者養成のため、各警察本部では術科の特別訓練員を指定するのが普通だ。呼称は警察本部によってまちまちだが、京都府警では特別練習生、通称〈特練生〉と呼ばれる。

特練生は全員が警備部機動隊に所属している。三年目の和馬も例外ではない。

警察学校の敷地内にある道場は、奥行きがおよそ五十メートルもある。道場を目一杯使って行われる打ちこみ稽古は訓練のなかでもとりわけ厳しい。打ちこみ稽古はふたり一組で行う。受け手の側は面や甲手《こて》を打たせながら全速力で後ずさり、打ち手の側は相手を打ちながら懸命に追いかける。

和馬は打ち手に回った。早々に勢いを失った同僚たちを尻目《しりめ》に、和馬は相手を打ち続けた。甲手、面、胴、面、面、面、甲手、面、面。布を裂くような声を道場に響かせる。先導するはずの受け手のほうが和馬のスピードに付いてこられず、後ずさりながら転びかけた。仕方なく、和馬が相手の速さに合わせてやる。

――なんで、こっちが手加減するんだよ。

呆《あき》れつつ、和馬は同僚をめった打ちにした。

打ちこみを終えると、今度は応じ技の練習に入る。

しばらくすると、道場に拍子木の音が響いた。和馬はうんざりした気持ちで中央に立つ榊に向き直る。訓練を指揮するのは監督の榊だった。

「全体的に攻めが足りへん。正中線割っていかんと、稽古にならんで」

男たちの低い声が返る。

「身体動かすだけの稽古やったら、やらんほうがましやぞ。変な癖つくだけや。高校生みたいなこと言わすな」

四十代なかばの榊は現役時代に輝かしい戦績を残している。全日本選手権では上位の常連で、京都府警の大将を六年務めた。

しかし榊が特練を抜けた翌年に警察大会で二部に降格し、それ以来、京都府警は一部下位が定位置になっている。時には二部へ降格することもあった。昨年は本数差で一部に残留したが、警視庁や大阪府警と覇を競っていた榊にとっては物足りない成績だっただろう。

府警が勝ちきれないのは、計算できる選手が少ないせいだ、と和馬は考えている。勝ちが見込めるのは府警のレギュラーのなかで村井と和馬くらいだった。他のメンバーも特練生なのだから平均に比べればはるかに強いが、全国の猛者《もさ》が集う警察大会ではその一段も二段も上の強さが求められる。そこそこの強さでは意味がない。

地稽古に入り、和馬はひときわ大柄な特練生に声をかけた。

「お願いします」

「またお前か」

「村井さんも、他の人より自分と稽古したほうがいいでしょう」

面金《めんがね》の下の村井の顔が不愉快そうにゆがんだが、気づかないふりをした。

和馬が一方的に打ち、稽古はあっさりと終わった。村井はやや手抜きだったが、そう見えるようにふるまっただけかもしれない。ほぼ実力通りだろうな、というのが和馬の感想だった。

道場の端でテーピングを直すふりをしながら、地稽古を観察した。どの特練生も強いし、真面目に稽古をしている。しかし努力だけではたどりつけない場所があることを、このうちの何人が知っているだろうか。

ドリンクを飲みに来た榊に声をかけられた。

「何しとるんや」

「看取《みと》り稽古です。先輩方の稽古見てたら、強くなれるのかなと思って」

もちろん皮肉だった。榊は躊躇《ちゅうちょ》なく、和馬の顔を防具越しに小突いた。

「ボケが。さっさと相手つくれ」

「すみません」

仕方なく近くにいた先輩と組んだが、退屈で仕方なかった。その先輩はレギュラーにも入っておらず、特練生になってから芳しい成績を残したことは一度もない。和馬には、そういう人間の気持ちが理解できなかった。

他の部署にいる警察官ならいざ知らず、特練生にとっては強さだけが唯一の物差しだ。強くない人間に居場所はない。それなのに、どうしてのうのうと何年もの間特練生でいられるのか、和馬にはまったく理解が及ばなかった。

稽古の最後は左右の面を打つ切り返しで締めくくり、村井の号令で着座する。榊は神棚を背に上座につき、向き合う格好で特練生たちは一列に座る。一斉に防具を外し、黙想と礼の後、榊が口を開いた。

「半年前に比べたら地力はついてきてる。しかし動きが粗い」

広い額の下で、くぼんだ眼が右から左へ動いた。視線には隙がない。榊は注意すべき点をいくつか挙げ、手短に指導を終えた。和馬は真顔をつくっていたが、ほとんど聞き流していた。

警察官になってからの剣道は退屈だった。この世界で通用する尺度は強さしかない。しかも指導者たちの目指す選手像が似通っているせいで、どんな選手も特練になって数年も経てば〈警察の剣道〉をやるようになる。同じように矯正された相手でも強ければ面白いが、たいてい和馬より弱い。

——強さだけで争ったら、俺が一番になるに決まってるのに。

実際、去年の全日本予選では村井に敗れたものの、国体は一昨年、昨年と連続で代表になっているし、出場した大会では軒並み優勝している。府内にはほとんど敵はいない。三年連続の優勝がかかった来週末の国体予選でも、気をつけるべき相手はいない。大学生や実業団の若手にも負ける気はしなかった。

竹刀の手入れをしてから更衣室に戻った和馬は、扉の前で立ち止まった。村井の声が漏れ聞こえたからだ。

「あいつ、監督がケツ舐《な》めろって言ったらほんまに舐めるぞ」

その後で、同意するような笑いが響く。和馬は笑い声を聞き届けてから、気を引くようにゆっくりと扉を開けた。着替えていた特練生たちが振り向いた。幾人か、笑い顔のまま凍りついている。

「誰の話ですか」

和馬がにやにやと笑いながら尋ねると、村井が棘《とげ》のある声で「さあ」と答えた。

特練生たちが、和馬を榊のお気に入りだと思っているのは知っていた。警察官になる前から榊と面識がある、というのが理由のひとつだが、実際のところは単なるやっかみだろう。まともに相手をするつもりはなかった。同僚たちはすばやく制服に着替え、更衣室から退出した。

部屋にひとり残された和馬の視線は、無造作に立てかけられた木刀に留まった。ひと月前の講習会で、倉内という男と遭遇したときのことを思い出す。

和馬の直感が正しければ、倉内は、和馬の父を殺した浅寄准吾の息子だ。

最初は顔立ちや雰囲気から、そうかもしれない、と思った程度だった。しかし講習会で声をかけたとき、彼は明らかに怯《おび》え、名乗りもせずに逃げ出した。その反応で、直感は正しかったのだと確信した。

あの日、和馬は〈辰野〉の垂袋《たれぶくろ》をつけていた。倉内はおそらく、こちらが辰野泰文の息子であることを知っていた。だから逃げた。

驚いた顔を思い出すだけで、ふつふつと怒りがたぎり、動悸《どうき》が高鳴る。

倉内の風貌《ふうぼう》は浅寄准吾によく似ている。アパートに立てこもり、銃弾を放ったあの凶暴な男に。テレビで繰り返し浅寄の顔を見た。縦に長く、頬骨が目立つ馬のような顔。薄い唇を動かして何事かをわめき、一重瞼《まぶた》の下でぎょろぎょろと動く瞳《ひとみ》は不気味に輝いている。右手には鈍色《にびいろ》の拳銃。

今まで和馬は、いろいろな感情から目を逸《そ》らしてきた。怒りや悲しさや惨《みじ》めさをないものとしてふるまうことで、自分の心を守ってきた。そうしなければ、どうにかなってしまいそうだった。

しかし今回ばかりは無視できない。

父を殺した男の息子が、今ものうのうと生きている。倉内は父を殺したわけではないが、間接的にそのきっかけをつくった。浅寄の犯行を止められなかった責任は、息子にもあるのではないか。あの事件で浅寄は息子を人質にとって三時間立てこもっていた。犯行を思いとどまるよう、説得するチャンスは十分にあったはずだ。

父が撃たれたのは、アパートから脱出した浅寄の息子を助けようと飛び出したときだった。脱出などしていなければ、父は撃たれなかったのだ。命惜しさから無謀な行動に出たことは、和馬にとっては十分恨むに値する。

かつて、加害者家族に密着したドキュメンタリー番組を見たことがある。体育大に通っていたころで、和馬はアパートの部屋で当時の彼女と一緒だった。外は大雨で、テレビを見るほかにやることがなかった。

取材されていたのは三十歳前後の女性だった。彼女の父は、十数年前に路上で見知らぬ男女を刺し殺して死刑判決を受けた。事件直後から犯人の娘である女性はメディアの攻勢に遭い、苛烈《かれつ》ないじめを受け、世間の視線から逃れるように転居を繰り返した。経済的な事情から大学進学を諦《あきら》め、就職した先でも死刑囚の娘であることがばれたことで退職した。今はいくつかのアルバイトを経て、飲食店の正社員として働いている。恋人がいるが、父のことを知られれば別れを切り出されるのではないか、と怯えている。

——だから、なに。

和馬はひどく冷淡な気持ちだった。心は冷えきっていた。

番組が終わり、コマーシャルが流れても、和馬はテレビ画面から目を離さなかった。明るいテーマソングが禍々《まがまが》しい呪いの歌に聞こえた。

加害者の家族が苛酷な目に遭うのは当たり前だ。なぜなら、加害者の家族だからだ。そんなのは考えるまでもない。

彼ら、彼女らがどれほど厳しい境遇にいたとしても、被害者の家族が直面する絶望とは比べものにならない。身内が犯罪者になるのはショックだろう。しかし、身内が突然殺されてしまうことの衝撃にはとても及ばない。罪のない家族が殺されても、それでも加害者家族に同情しなければならないのか。

倉内も、浅寄准吾の息子としてそれなりにつらい人生を歩んできたのだろう。だからといって、彼に対する怒りや憎しみの衝動を抑えることはできない。

京都で剣道をやっているのなら、いずれまた、どこかで顔を合わせるかもしれない。そのときこそ、和馬は十五年前から思っていたことを打ち明けるつもりだった。

——代わりに、お前が死ねばよかった。

神宮丸太町《じんぐうまるたまち》で準急を降り、長い通路を歩いて地上に出る。大会の会場までは、御所を背に丸太町通りを東へ直進すればいい。防具袋をかつぎ、竹刀袋を手にした和馬は散歩のような足取りで武道センターを目指した。

小学四年生から大学卒業までを愛知で過ごした。生まれ故郷である京都へ戻ってきたのは二年前。訓練漬けの日々を送る和馬はいまだに京都の地理に疎いが、丸太町の周辺だけは詳しくなった。

直進すると、やがて京大熊野《くまの》寮が現れる。撤去を免れた立て看板がいくつか残っていた。もともと何が描かれていたのかわからなくなるほど、どの看板もでたらめに塗りつぶされている。赤や黄色のペンキで〈天〉〈仏なり〉〈唯我独尊〉などと書かれているのがかろうじて読みとれたが、意味は汲《く》みとれない。

熊野神社を左に見てさらに進み、木立ちの茂る角を右へ折れると、木製の巨大な門

主審の声がした。文句なしの面返し胴。たったひと振りで一本を取られたことに、相手はあからさまに肩を落としていた。

——弱い。

和馬は落胆を隠せなかった。府の上位に入るような選手でも、和馬にとってはまったく物足りない。やはり、全国レベルの選手でないと和馬とは釣り合わない。早々に終わらせよう、と竹刀を中段に構えた。

二本目、と主審が宣告して十秒も経たずに、異変は起きた。

唐突に、うっ、という低いうめき声が耳に入った。和馬は本能的に、尋常な声音でないことを察知した。視界の隅で主審の男性がうずくまる姿を捉《とら》えた。

いぶかしげに様子をうかがっている副審を尻目に、和馬は構えを解き、流れるように駆け寄って膝《ひざ》をついた。男性は両手で胸を押さえていたが、力尽きたようにうつぶせに倒れた。ようやくふたりの副審が近づいてきた。

「大丈夫ですか、大丈夫ですか」

和馬は防具をつけたまま、耳元で叫ぶ。甲手をはめた手で肩を叩いた。反応はない。すぐさま副審のひとりに命じる。

「救急車、呼んでください」

ざわめきが大きくなり、試合場の周辺に人が集まってきた。竹刀を放り出し、むしり取るように面紐《ひも》を解《ほど》いていると、人垣のなかからふたりの若い男たちが飛び出してきた。ひとりはAEDを持っている。素早く主審に近づいて心臓マッサージをはじめたのを見届け、ようやく和馬は落ち着いて防具を外した。対戦相手の大学生はまだ事態が飲みこめないのか、しきりに周囲を見まわしている。

試合は中断となった。和馬は試合場から出て、しばし成り行きを見守る。

「えらい騒ぎやな」

背後から声をかけてきたのは私服の榊監督だった。朝は顔を見なかったから、大会の途中から来たようだ。仰向《あおむ》けに寝かせられた主審の服は前がはだけられ、胸にはAEDのパッドが貼りつけられていた。人垣の隙間からその顔を見て、榊がつぶやいた。

「柴田さんやな」

聞き覚えのない名前だった。

「知っている方ですか」

「ああ。よう審判来てるからな。亀岡剣連の人や」

亀岡という単語だけがくっきりと聞こえた。その地名を、和馬は最近目にしている。倉内の垂袋には〈亀岡剣正会〉と、確かに記されていた。

独身寮の郵便受けに封筒が入っているのを和馬が発見したのは、一週間後のことだった。封筒の裏面に書かれた送り主は柴田昭。すぐに、国体予選で倒れた主審だと思い出した。名前の横には、京都市内の総合病院の名が書かれていた。亀岡剣連のはずだが、市内に入院しているらしい。

封筒のなかには、三つ折りの便箋《びんせん》が一枚入っていた。筆圧の強いボールペンの字が、罫線《けいせん》に沿って整然と並んでいる。

拝啓からはじまる文章は、審判として試合中に倒れたことを詫《わ》びるものだった。わざわざ謝罪の手紙が送られてきたことに、和馬は素直に驚いた。きっともうひとりの選手にも送っているのだろう。

あの準決勝は、柴田が運ばれてすぐに再開された。動揺のせいか相手の剣道は鈍く、和馬はあっさりと二本目を取って決着をつけた。決勝でも若手の刑務官を退け、和馬はたいした苦労もなく、三年連続で先鋒として国体出場を決めた。

宛先は府剣連に問い合わせて教えてもらった、と記されていた。普通なら個人情報をそう簡単には教えないだろうが、審判中に倒れたとあって、府剣連も同情心を覚えて教えてしまったのかもしれない。

和馬は手紙を繰り返し二度読んで、すぐに返事を書くことにした。下書きのためにノートのページを破り取り、思いつくままにボールペンを走らせる。手紙を書くのはずいぶん久しぶりだった。

ご丁寧にお手紙を頂戴《ちょうだい》しまして、恐れ入ります。柴田先生は京都の剣道界においてなくてはならないお方です。一刻も早く、お体の具合が快方へ向かうことを祈っております。

「ちょっと持ち上げすぎか」

つぶやきながら文章を綴《つづ》っていく。本題はここからだ。

ところで、先生は亀岡剣正会の倉内さんをご存じではないでしょうか。五月の講習会で大変お世話になり、ぜひ一度ご挨拶《あいさつ》したく、ご紹介いただけますと幸いです。

柴田が亀岡剣正会の代表であることは、大会後にネットで調べて知っていた。まず間違いなく倉内のことを知っているはずだ。

事件から十五年が経つが、和馬は一度も浅寄准吾の身内から直接謝罪の言葉を聞いたことはなかった。成人してから公判資料を読んだが、法廷に立った浅寄の妻は始終、自分も被害者であるかのようにふるまっていた。父を殺された和馬には、とうてい受け入れることのできない思考だった。日常的に暴力をふるわれていたことは同情に値するが、機動隊が駆けつけるほどの事件が起こる前に、解決する術《すべ》があったはずだ。

下書きを終え、和馬はベッドに横たわった。

天井には模様ひとつない。持ち物の少ない和馬の部屋だが、整理整頓が行き届いていないせいで乱雑な印象を与える。ベランダでは練習用の道着と袴が風に揺れていた。

倉内が浅寄准吾の息子だということは、まだ推測でしかない。柴田に手紙を送る前に、できれば別の方法で確認したかった。

今日は日曜だった。母が看護師として勤める眼科は休診のはずだ。スマートフォンのアドレス帳から名前を選択する。辰野千冬《ちふゆ》。液晶画面には母親の携帯番号が表示されていた。

母とは長年、事件の話はしていない。和馬は覚悟を決めて画面に親指を載せる。二度目のコールでつながった。

「はいはい。なに？」

母と話すのは、冬に愛知へ帰って以来だった。およそ半年ぶりに聞く声は記憶していたものと何ら変わりない。

「ちょっと訊《き》きたいことあって」

「何よ。変なこと訊くのやめてよ」

愛知出身の母はもともと京都弁を話さない。それでも、あの事件で京都を去るまでは父の影響もあって多少は話していたが、今ではすっかり拭《ぬぐ》い去られている。

和馬は音もなく息を吸い、短く吐いた。

「単刀直入に訊くけど」

いったん発しかけた問いが舌の根元で途絶えた。その名を忘れたことはなかったが、実際に口にするのはいつ以来か思い出せない。それほど忌々しい名だった。

「どうしたの」

千冬の不安が伝わってきた。改めて息を吸い、今度こそ和馬は言った。

「浅寄の、息子に、会った」

一息に言うつもりが、喘《あえ》ぐような切れ切れの言葉になった。

返答はなかった。どれだけ力強く受話口を耳に押し当てても、聞こえるのは浅い息遣いだけだった。一度口にしてしまうと抵抗はなくなった。

「あいつ、剣道やってる。知らなかっただろ。俺が声をかけたら逃げたんだ、あいつ。名前も言わずに。知ってたんだよ、俺が辰野泰文の息子だってこと。そうじゃなかったら、逃げなかったはず……」

「知らないよ」

唐突に鋭い声が差しこまれ、和馬の問いは断ち切られた。

「いつの話だと思ってるの。十何年も前の……知ってたとしても、忘れてるよ」

母は声を抑えた。自制しているようだが、端々に隠しきれない苛立《いらだ》ちが潜んでいる。

「だいたい、だからなんだっていうの。今さら誰が何してたって、あんたやあたしの知ったことじゃない。もうそんな人間、関係ないの。過去は忘れなさい」

父が亡くなってからというもの、母はたびたび同じことを言ってきた。過去は忘れろ。今と未来だけを見て生きろ、と。

祖母の家で暮らしていたとはいえ、生活費は母の看護師としての稼ぎが頼りだった。祖母は病気がちでいつ介護が必要になるかわからなかったし、遺族年金だけでは生活が心もとなかった。退職金や賞恤金《しょうじゅつきん》は和馬の進学や祖母の介護、自分の将来に備えて母が全額貯金にまわしていた。

父が亡くなった直後も、悲嘆にくれている余裕はなかった。母は立ち止まろうとする和馬を繰り返し叱咤《しった》し、どうにかここまで歩かせてくれた。

その母が感情を抑えきれない様子で、過去は忘れろと言う。きっと、もう忘れてしまいたいのだ。あの事件の悲しみも憎しみもすべて。親孝行をしたいなら言うことを聞くべきだった。少なくとも表面上は。

無言を諦めと受け取ったのか、母は「何かと思えば」とため息をつき、いくらか口調をやわらげた。

「そろそろ帰ってきたら」

「訓練が落ち着いたら」

「それぱっかりじゃないの。あたしはまだしばらく死ぬつもりないからいいけど、ばあちゃんはいつどうなるか、わからないんだから」

「どうなるかって、何かあったのか」

「別にないけど。でも死んだら会えないからね」

そのひと言は和馬にとって殺し文句だった。死んだら会えない、という当たり前の事実を、和馬は九歳のころに嫌というほど嚙《か》みしめた。父の写真に何度話しかけても、声が返ってくることはない。自宅にも道場にも、父の姿はない。受け入れるには長い時間がかかった。

「日帰りでもいいから。どこかの休みにおいで」

有無を言わせぬ物言いだった。

通話を終えると、室内は耳鳴りがするほど静かだった。心の底でくすぶる寂しさを強引に揉《も》み消し、便箋を買いに行くために部屋を出た。


白壁の蔵が並ぶ町にある病院は、年月を感じさせる外観だった。

和馬は右手に菓子折りの入った紙袋を提げていた。ロビーで尋ねると、やはり柴田はまだ入院中だった。面会希望を申し込み、受け取ったストラップを首にかける。

一週間前に出した手紙への返事はまだ来ていない。無視されることは想定していた。相手は病人だ。本人が意図的に無視しているわけではなく、体調が悪いのかもしれない。最初から、一週間経ったら病院を訪れようと決めていた。自宅ではなく病院の住所を書くくらいだから、入院は長期にわたるはずだ。

四人部屋の右手奥が柴田のベッドだった。裏手に面した窓からは、濃い緑色をしたブナの葉を眺めることができた。

和馬はできるだけ相手を驚かせないよう、「あの」とカーテンの外から声をかけた。数秒の沈黙の後で、「はい」と返ってくる。痰《たん》のからんだ老人の声だった。

「突然押しかけて、申し訳ありません。京都府警の辰野といいます」

カーテン越しに、ああ、と戸惑いの混じったつぶやきが聞こえた。

「近くを通りかかったもので、ご挨拶に」

苦しい嘘だったが、ここまで来てしまえば会えるだろうと踏んでいた。今度も数秒の間があって、「どうぞ」と返ってきた。

カーテンを開けると、ベッドの上に紺色の作務衣《さむえ》を着た老人が座っていた。倒れてから二十日《はつか》と経っていないが、柴田はずいぶん小さくなったように見えた。しゃんと伸びていた背筋が丸くなっている。手の甲は骨ばり、顔は砂色だった。

「お手紙、ありがとうございました」

「この間は審判の最中に、申し訳なかった。優勝したそうで」

和馬は立ったままだったが、柴田は椅子を勧めなかった。

「お返事したんですが、届きましたか」

柴田は床頭台の引き出しを開け、封筒をつまみだした。「これやね」

「はい」

「悪いけど、彼を紹介することはできません」

はっきりとした拒絶だった。返事がないのは体調のせいではなかったようだ。

「お世話になったので、ご挨拶させてほしいだけです」

「会って、どうするつもりですか」

どうやら、この老人は倉内の味方らしい。おそらく倉内の素性も知っているのだろう。和馬は早めに手のうちを明かすことにした。

「十五年前に、市内で立てこもり事件がありました。犯人が警察官を射殺した事件です。倉内さんは、その犯人の息子かもしれないんです」

「そうですか」

「私はその事件で殺された警察官の息子です」

柴田は動じなかった。苛立った和馬は声を荒げる。

「私には、彼と会って謝罪させる権利がある。先生は殺人犯の息子をかばうんですか」

柴田は和馬の苛立ちをいなすように、垂れた耳たぶをいじっていた。無表情だったが、頬や額の皺《しわ》が内心の悲しさを物語っているように見えた。やがて柴田は切なさをにじませた口ぶりで言った。

「お父さんが亡くなられたのは、本当に残念なことやと思う。しかし仮にね、仮に彼が殺人犯の息子やとして、謝らせることが正しいんやろか」

つい、和馬の声が大きくなる。「犯人の家族ですよ」

「まだ中学生の子どもに、親の犯罪が止められたんかな」

「家族なら同罪です」

「仮にそうやとしても、親と子では責任の取り方が違うやろ。子どもが親の犯罪に対して、どうやって責任取ったらええんや」

そう言ってから、柴田は痛みをこらえるように顔をしかめた。怒りで和馬の目の前はちかちかと点滅していた。

「それはおかしい。何事もなければ家族で、犯罪者になったら他人だっていうんですか」

「彼らの間には、はじめから家族の絆《きずな》なんかなかったんとちゃうか」

和馬は反論に詰まった。浅寄が家族に暴力をふるっていたことは、事件後の報道で知っている。しかしそれでも、家族であることには違いない。

この会話で明確になったことがひとつだけある。やはり、倉内は浅寄准吾の息子だ。

柴田は〈中学生の子ども〉と言った。彼らの間には絆はなかった、とも言った。十五年前の事件を詳細に覚えているのは、倉内が浅寄の息子だと知っているからだ。

きっと、和馬が撃たれた警察官の息子だということも知っていたのだ。和馬の試合で倒れたのは偶然かもしれないが、手紙を寄越《よこ》したことには謝罪以上の意味がありそうだった。

「手紙に自宅ではなくこの病院の住所を書いたのは、私と何かを話すためだったんじゃないですか」

柴田はけだるそうにこめかみを揉んだ。真っ白な頭髪が照明の光を反射していた。

「この先ずっと会えへん、ということやない」

「言ってる意味が……」

「岳は、八月の全日本予選に出る」

岳というのが倉内の名前なのだと、和馬はそのとき知った。

「会場に行けば会えるということですか」

「あなたも出場するんでしょう」

当然、出場する。今年こそは村井を破って京都代表になるつもりだった。

柴田はうわ言のようにぶつぶつと続けた。

「あの子は表に出るべきやないと思ってた。でもそれが正しいんか、もう自分でもわからんのや。私は対話することすら許されんかった。振り返ってみると、三十年、ずっとそのことを後悔してた。岳には同じ後悔をしてほしくない」

柴田は倉内が全日本予選に出場することを伝えるために、わざわざ和馬を病院へ来させたのだろうか。重い瞼で瞬《まばた》いた柴田は、声に悲痛さをにじませた。

「お願いがあるんやけども」

「なんでしょう」

「トーナメントで岳と当たるまで、負けんといてほしい」

倉内が負けることなど、端《はな》から想像もしていない口ぶりだった。和馬は呆気《あっけ》にとられ、しばらく口が利けなかった。

「岳は今、自分の足で歩き出そうとしてる。それを受け止めてやってほしい。あなたと正面から向き合えば、きっと岳も次の段階へ進めるはずなんや」

「私に、彼の自立の手助けをしてほしいと言ってるんですか」

恐るべき傲慢《ごうまん》さだった。被害者の子に、加害者の子のために力を尽くせというのか。柴田は満足げにうなずくと、話は終わった、とばかりに口を閉ざした。視線は窓から見える緑に注がれている。

これ以上居座ったところで得られるものはなさそうだった。和馬は柴田に礼を言って、病室から辞去しようとした。薄いカーテンに手をかける。

「岳は強いで」

背後から届いた声に振り向くと、柴田は和馬の眼を見ていた。

――上等だ。

答えを考える前に、和馬の口が動いていた。

「実は、私も強いんですよ」

柴田は無表情のままだった。

確かに、講習会で見た倉内の太刀筋は悪くなかった。しかし演武と実戦は別物だ。ろくに試合に出場したこともない人間に、自分が負けるとは思えない。図に乗るのもいい加減にしろ、と内心で唾《つば》を吐いた。

負けないでほしいと頼まれなくても、負けるつもりはなかった。そもそも、普通に試合をすれば勝てる大会だ。特練で一番ということは、府内で一番ということなのだから。

病院を出て駅へと歩く途上、ポケットにしまったスマートフォンが繰り返し震えた。立ち止まって着信を受ける。

「あ、出た。久しぶり」

鼻にかかった女性の声が耳に流れこんでくる。愛知に住む幼なじみの楓《かえで》だった。

シャッターが降ろされた店舗の前に立ち、和馬は通話を続けた。目の前をアジア系の観光客たちが賑《にぎ》やかに通りすぎていく。

「今度、こっち戻ってくるんだってね」

「俺が？」

「千冬さん、そう言ってたけど。日程決まってるんなら教えてよ」

楓は社会人の今も、実家にたびたび帰っている。実家同士は近いから、母とはよく顔を合わせるのだろう。千冬さん、という呼び方も板についている。

一歳上の楓は県庁で働いている。和馬が京都府警を受けることを決めたとき、楓は母と一緒になって反対した。楓は愛知県警にしろと言い、母は警察官になることすら賛成してくれなかったが、和馬が押し切る格好で京都府警に入ることになった。

「決まってないけど。日帰りかもしれないし」

「何でもいいよ。決まったら教えて」

「それだけ？」

「だけ。どうなの、最近」

どうも怪しい。楓が用もなく連絡してくるのは不自然だ。母と話したとき、様子がおかしいから連絡してやってくれ、などと余計なことを吹きこまれたのかもしれない。

「別に普通だけど」

「そう……なら、いいや」

執拗《しつよう》に尋ねても無駄だと判断したのか、楓はあっさり引き下がった。このまま電話を切るのも後味が悪く感じられ、和馬は思いついたことを訊いた。

「結婚の話、どうなったの」

「どうもなってない。現状維持」

楓には二十歳《はたち》から六年近く付き合っている男がいる。卒業したら結婚するのだと学生時代から公言していたが、いまだに同棲《どうせい》もしていないらしい。もう我慢の限界、と楓が言ったのは一年前だ。現状維持ということは、一年間で特に進展はなかったのだろう。

いろいろなことがうやむやなまま、楓との会話は終わった。スマートフォンをポケットに戻して駅へと歩く。何でもない町の一角で、修学旅行と思しき中学生たちが記念写真を撮っていた。


夢を見た。

和馬は喪服を着て、誰かの葬儀に出席していた。祭壇の棺《ひつぎ》は閉じられている。

どこにも名前はないのに、それが父の葬儀であることを和馬は知っていた。参列者は誰もが悲しみにくれていた。千冬も、榊も泣いていた。機動隊の同僚たちは口々に父の死を嘆いていた。当時は知り合う前だったはずなのに、そこには小学生の楓もいた。村井や特練の同僚たちまでが、暗い顔で参列していた。

すべての参列者から悼まれている父。

和馬は千冬に促され、祭壇に歩み寄る。

閉ざされた覗《のぞ》き窓のつまみを両手でつかみ、両側に開いた。

そこに横たわっていたのは、浅寄准吾だった。土色の顔をした浅寄が、細い眼の奥から和馬をにらんでいる。口元からよだれを垂らし、黄色い歯がのぞいている。思わず後ずさると、浅寄は棺を開けて身体を起こした。その手には拳銃が握られている。

父の遺体はどこにもなかった。

気配を感じて振り向くと、顔のない少年が立っていた。彼だけは喪服を着ておらず、ランドセルを背負《しょ》っていた。口がないはずの少年がささやいた。

――お父さん、殺されたの？

誰かに耳うちされたような気がして、飛び起きた。そこには闇があるだけだった。

それは、ずっと昔に封じこめたはずの悪夢だった。

手探りで部屋の照明をつける。首筋と背中にびっしょりと汗をかいていた。不快感に、着ていたTシャツを脱ぎ捨てる。和馬はリモコンを手に取り、やみくもに設定温度を下げた。皮膚が冷えるのもかまわず、勢いよく吐きだされる冷たい風を浴びた。

和馬は頭をかきむしった。

倉内岳。父を殺した男の息子。

岳に罪はない。しかし浅寄の顔を思い出すたび、どうしても岳への殺伐とした感情が呼び覚まされてしまう。罪を犯していない以上、和馬には岳を許すことすらできない。ならば、この感情のやり場はどこにあるというのか。

和馬はそれから一睡もできないまま日の出を迎えた。鼓膜には、耳うちの残響がいつまでもこびりついていた。


炎が皮膚に触れる寸前まで近づいている。そう錯覚するほどの熱気だった。

和馬はハンカチでしきりに額や首を拭いながら、道のりを歩いた。丹前は、今も昔も寂れた住宅地だ。あの事件の直後より、さらに人の気配は少なくなっている。長らく手入れされていない家がちらほらと見える。塀の上まで伸びた雑草が、見知らぬ侵入者を威嚇するように揺れている。

現場は、半年前から何も変わっていなかった。あの夢を見るようになったのは京都に戻ってからだ。夢を見るたび、和馬は必ずここに来ている。

敷地いっぱいに広がる駐車場は不自然なほど広い。車は定数の二、三割しか停まっておらず、人気のなさがうかがえる。砂利のカーペットが敷きつめられ、いびつな形の小石が和馬の足元に転がっていた。

アパートは事件のあった翌年に取り壊されている。和馬は事件の現場をじかに見たことがない。できるのは、かつて事件があった場所に足を運び、そのときの様子を想像することだけだ。

　浅寄准吾はアパートの二階の窓から身を乗り出し、拳銃を構えていた。眼下には部屋から脱出した浅寄の息子――倉内岳がいる。彼を助けようと駆け寄る数名の機動隊員のなかに、父の姿もある。父は真っ先に近づいて彼の腕をつかんだ。その直後、浅寄は拳銃の引き金に指をかけ、父の胸で血の華が咲いた。

　敷地に立ち入り、血に濡《ぬ》れた砂利でも落ちていないかと目をこらす。そんなものが残っているはずもなく、灰色の小石があるだけだった。

　和馬には、ずっと引っかかっていることがある。

　もともと後方で待機しているはずだった父は、防弾ベストを着用していなかった。拳銃を持った立てこもり犯がいつ撃ってくるかわからない状況で飛び出すのは指揮系統を無視した行動であるうえ、あまりに危険な行為でもあった。それを理解していなかったはずがない。

　なぜ父は、命懸けで浅寄の息子を救おうとしたのか？

　機動隊員としての使命感、という理由では腑《ふ》に落ちない。どれだけ考えても答えは出なかった。マスコミは殉職者が出たことについて警察を責め、警察は弁明に終始した。誰も、その疑問について考えてくれない。だから和馬はたったひとりで十五年間考え続けた。

結果、和馬はある結論を導いた。

強くなければ、生き残ることはできない。

強くなければ、何も守れない。

誰かに殺されないよう、和馬は誰よりも強くなることを目指した。そのなれの果てが、今の自分だった。

「おにいちゃん」

突然、すっとんきょうな声がした。振り向くと、敷地のすぐそばにランニングシャツを着た老人が立っていた。足元は安そうなビーチサンダルで、頭にかぶったキャップは乾いた汗で白くなっている。しきりに口をもごもごと動かしていた。

「おにいちゃん、ここ借りてる人？」

老人の声は大きく、広い駐車場にこだました。

「いえ、違います」

「ほんなら、なんでここおるん」

「借りようかなと思って。下見です」

暇つぶしに話しかけられたのだと判断した和馬は、適当な答えで濁した。話が長くなるようなら、すぐに去ろうと決めた。老人は貧相な身体をゆすっている。

「ここ、やめといたほうがええで」

「どうしてですか」

「昔ここで殺人事件あったからな。拳銃でパーン、や。それからなんや、幽霊が出るとか噂になって、一時期若いやつらがよう来とったわ。そういう連中が、停めてた車にイタズラするらしいで。駐車場なら別んとこにしとき」

「それって、殺された人の幽霊ですか」

「そらそうやろ。生きてる人間の幽霊が出るわけないやんか」

しつこくからんでくるかと思ったが、老人は案外あっさりと立ち去った。あくまで彼なりの親切心だったのかもしれない。

ここで殺されたのは、父だけだ。

いるはずがないとわかっていた。それでも本当に幽霊がいるのなら、心の底から会いたかった。父に会えるなら幽霊だってかまわない。どうしてあんな無謀な行動をとったのか、問い詰めてやりたい。この十五年で何があったか、一から話したい。父と会えれば、また笑えるようになるかもしれない。

最後に心から笑ったのは、思い出せないほど昔のことだった。

——なんで笑ってるん？

——お父さんが殺されたのに、なんで笑ってられるん？

被害者の遺族は笑ってはいけない。一生、涙の沼に沈んでいなければならない。和馬はその呪いから逃れる術を今でも知らなかったが、父と会えれば、その沼から脱《ぬ》け出せるような気がした。

どれだけ目をこらしても幽霊は現れず、ただ陽炎《かげろう》がゆらめくだけだった。

二

和馬が初めて竹刀を握ったのは、小学一年生のときだった。

父に連れて行かれたのは官舎の近くにある愛好会で、メンバーの半数が大人、残る半数が近隣に住む子どもたちだった。六歳の和馬は最年少だった。近所にある市営の体育館を借りて、稽古は行われていた。

物心つく前から試合や稽古に連れてこられていたせいか、道着や竹刀には違和感なくなじんだ。見よう見まねで素振りをはじめ、飽きてやめようとすると父に咎《とが》められた。

「あと十本だけやろか」

不満を顔に表しながら十本振り終え、ぷいと背中を向けるとまた父に言われた。

「あと十本だけやろか」

六歳の和馬は疲れていた。その場に尻をつけて座り「嫌や」と抗議した。間髪を容《い》れずに父の手が道着の襟首をむんずとつかみ、和馬は無理やり立たされた。真剣な父の顔に、和馬はべそをかきそうになる。

「行儀悪いことすんな。今日はもう素振りせんでええから、稽古が終わるまでずっと構えとけ」

一時間、中段に構えて過ごした。すぐに腕が痛くて涙がにじんできたが、父は許してくれない。それどころか、剣先が下がっているとか肩に力が入っているとか、しきりに欠点を指摘された。

すぐに剣道が嫌いになった。稽古の前は駄々をこねて、送り迎えをしてくれる母をずいぶん困らせた。引きずられるようにして道場に行けば、ひたすら摺《す》り足と素振りだけをやらされる。上級生たちのように防具をつけたかったが、父が許さなかった。六歳の和馬はどうすれば道場をやめられるのか、それればかり考えていた。同級生がいないのもつまらなかった。道場に行くふりをしてサボろうとしたこともあったが、ばれれば父に怒られるのが目に見えていたから、渋々稽古に行った。

楽しみといえば、大人の目を盗んでギャラリーに忍びこむことくらいだった。市営の体育館には、二階にギャラリーと呼ばれる通路があって、そこにこっそり逃げこむのが楽しかった。稽古前に姿をくらまして大人を慌てさせたり、柵《さく》につかまって眼下の上級生を見下ろすのは気持ちがよかった。だが、危険すぎると父からひどく怒られて以降、ギャラリーへの扉は施錠されてしまった。

おそろしく苦痛な半年が過ぎ、防具をつけるようになってからは状況が変わった。一転して稽古が楽しくなったのだ。素振りは退屈だが、防具をつけて打ちあうのは楽しい。残心や掛け声は面倒だし恥ずかしいが、それを差し引いてもまだ楽しさのほうが勝《まさ》る。二年生になると同級生が加わり、和馬は先輩面《づら》で手ほどきをしてみせた。

愛好会には剣道のうまい大人がたくさんいたが、和馬にとってのヒーローは機動隊員で特練生の榊だった。

彼の剣道が別格だということは一目見ればわかる。体格だけならもっと大きい人は他にいくらでもいるけれど、榊のように竹刀を操ることができる人は他にいなかった。彼と対峙《たいじ》すると、誰もが魔法にかけられたように打たれてしまう。特練の絶対的エースだった彼は、機動隊員としては父の後輩だった。父と榊は道場で顔を合わせるたび雑談を交わし、時には飲みにも行っていたようだった。

市営の体育館までたびたび足を運んでくれる特練生は榊くらいだった。父が榊の先輩だということが、和馬には誇らしかった。

榊が姿を見せるたび、和馬は必死で手拭いを巻き、面紐を結んだ。早く着装を終えれば、地稽古で列の前方に並ぶことができる。しかしどれだけ頑張っても大人には勝てず、三、四番手くらいに並ぶのが常だった。あらかじめ手拭いをたたんでおく〈帽子〉と呼ばれる方法なら確実に時間を短縮できるが、「格好悪いから」と父に禁じられていた。常に意識していたおかげで、面を装着するのは人一倍早くなった。

順番がまわってきても、地稽古の相手をしてもらえることは稀《まれ》だった。かかってきたのが子どもの場合、榊はたいてい打ちこみ稽古をさせた。大人は初心者でも地稽古をしてもらえるのに不公平だと、和馬は内心不満だった。

そんな内心を読み取ったのか、稽古後に榊から諭されたことがあった。

「しんどいやろうけど、今は基本を身につけるんが大事や」

釈然としない和馬の顔を見て、榊は苦笑した。

「ピンと来んか……和馬、道場でこの人みたいになりたいって思ってる大人はおるか」

「榊先生です」

その答えを予想していたのか、榊はにやりと笑った。

「俺が小学生のときは毎日が打ちこみやった。俺みたいになりたいんやったら、地稽古よりもまずは基本や。ええな」

ヒーローの言葉は絶対だった。和馬が進んで打ちこみ稽古をやりたがるようになったのは、それからだった。

三年生の終わり、父がいない昼食の席で母から尋ねられた。

「和馬、四年生になっても剣道続けたい？」

嫌ならやめられるよう、お母さんからお父さんに話してみる、正直に言ってみて、と母は付け加えた。しかし和馬の答えは決まっていた。

「続ける！」

即答だった。わかった、と母は拍子抜けしたような声で答えた。そんなことを訊かれたのは、後にも先にもその一度だけだった。

四年生になり、初めて出場した道場対抗の予選会でいきなり大将をまかされた。和馬の初めての公式戦はふた振りで終わった。何も考えずに面を打ち、二回とも胴を返された。チームは惨敗だった。

悔し涙でびしょびしょに濡れた頬を見られるのが嫌で、試合が終わっても面を取らなかった。リーグ戦なので、次の試合に備えて面をつけたままでも一応は理屈が通る。子どもたちの輪から外れてうつむく和馬の前に、父がしゃがみこんだ。

「お疲れ」

父は真剣だった。笑顔で励ますつもりなど毛頭ない。視界が涙でゆがんだ。

「和馬はたくさん、基本の稽古してきたやろ。その通りにやったらええんや。勝とうと思わんと、稽古の通りにやったらええ。それで大丈夫や」

そのときの父の表情を、和馬は十数年経っても忘れることができない。

三交代で働く機動隊員の父は、あまり家にいなかった。職場からほど近い官舎に住んでいたから通勤時間が短いのは幸いだったものの、和馬とは生活リズムが合わなかった。平均して、父の顔を見られるのは三日に一度だった。

体育会系の若者でもきつさに音を上げると言われる機動隊だが、父は警察学校を出てから機動隊一筋だった。それもみずからの希望で。観光都市である京都は人の出入りが激しい。京都に生まれ京都で育った父は、雑踏警備のため街角に立つ機動隊員に憧《あこが》れを抱いて警察の門を叩いた。

和馬の顔は母親似らしく、父に似ていると言われたことはあまりない。どちらかといえば眼が大きいし、鼻筋はすっきりと通り、つるりとした卵形の顔だった。父の眼は小さくて丸く、鼻翼が大きく、えらの張った輪郭だった。親戚《しんせき》から「千冬さんによう似てるわ」と言われるたび、父は「俺に似んでよかったわ」と豪快に笑った。

現役機動隊員だけあって、父はタフだった。疲れた、という言葉が嫌いな人で、和馬の前で口にしたことは一度もなかった。徹夜で丸二日働いた後でも、夜の稽古で竹刀を振っているような人だった。

母が稽古を休むように言っても取り合わない。

「剣道やったほうが体調ええくらいやわ」

そう言って、署の道場へ出かけてしまう。剣道は父の唯一の趣味だった。思い出は剣道にまつわるものばかりだ。

家ではおおらかな父だが、道場では豹変《ひょうへん》した。

顎《あご》を下げろ。拳《こぶし》は肩の高さで止めろ。左足はまっすぐ向けろ。腰を前に出せ。

いっぺんにいろいろなことを言われるものだから、次第に和馬の動きもぎこちなくなる。すると今度は「打突に勢いがない」と言われる。

「剣道は大強速軽や。大きく、強く、速く、軽く打て」

そんな無茶な、と思っても道場では反論できない。道着を着ているときの父は、父ではない。言葉ではなく動きで示すしかなかった。もっとも、大きく、強く、速く、軽く打とうとすると、また「顎を上げるな」と叱責されるのだが。

稽古では厳しかったが、試合の後は勝ち負けにかかわらず褒めてくれた。仕事の都合で会場に来ることは稀だったが、和馬の試合は必ずビデオで見ていた。たとえこじつけでも、声がよく出ていたとか、竹刀がよく振れていたとか、よかったところを言ってくれる。監督やコーチには叱られてばかりだったから、父が褒めてくれるのは救いだった。

四年生の六月、二度目の公式戦の直前に父は呼吸法を教えてくれた。めずらしく観戦に来ていた父は、試合会場の隅に和馬を呼び寄せた。しきりに目をこすっていた。

それが、当時の父の癖だった。

息子の緊張を感じ取ったのか、父は肩に手を置いて言った。

「絶対に落ち着く呼吸法がある」

「絶対？」

「ああ。ちゃんと習得したら、絶対や。いくで」

父はすっと大きく息を吸いこみ、音もなく空気を吐いた。その様子を和馬は注視した。

「一気に息を吸って、できるだけゆっくり吐く。唇はあんまり動かすな。やってみ」

見よう見まねで、和馬は慣れない呼吸法に挑戦した。ひゅっと音がするくらい素早く吸いこみ、すきま風のような息を吐く。

「そうや。落ち着いたやろ」

父が大きな口を開け、歯を見せた。正直なところよくわからなかったけれど、父が絶対だと言うんだから間違いはないはずだ。大きな手のひらで背中を叩かれ、和馬は小走りで試合場へ向かった。

試合の結果は忘れてしまったが、そのとき教えてもらった呼吸法は和馬の胸にずっと刻みこまれている。

八月八日。

和馬は二泊三日の夏合宿のため福知山《ふくちやま》の体育館にいた。保護者会の一員として、母も同行していた。

稽古は二日目の午後、クライマックスを迎えていた。この稽古が終われば、夜は打ち上げがある。スイカ割りをしたり、花火で遊んだりするのが二日目夜の恒例だった。夜の打ち上げだけを楽しみに、和馬は小さな身体を投げだすようにして面を打った。

体育館の温度計が三十五度を超える猛暑で、熱湯のなかを泳いでいるように感じられた。汗が足の裏に溜《た》まって、踏みこんだ拍子にずるりと滑る。面の下で号泣しながら掛かっている生徒もいる。体調を崩して見学にまわる子どもも続出する。保護者たちは給水や子どもの手当てに駆けまわっていた。

看護師の母は自宅で準備をしている最中、何度も「こんな時季に合宿やるなんておかしい」と口走った。「熱中症になるためにやるようなもの」とも言った。子どもの夏休みに合わせるためだと頭ではわかっていても、口に出さずにはいられない、という調子だった。

和馬は答えるべきかわからず、テレビに夢中なふりをした。合宿はその前年も前々年もあったのに、母が和馬の前で不平を漏らしたのはそれが初めてだった。嫌なことでもあったのかな、と思ったほどだった。

後になって振り返れば、母が合宿に行くのを嫌がっていたことも何か不吉な予兆のような気がする。

延々と続く打ちこみ稽古。打っても打っても終わらない。十分が一時間のように感じられる。掛かるほうも受けるほうも、意識は朦朧《もうろう》としている。もはやコーチの声しか聞こえない。

三割の生徒が脱落し、残る子どもたちも大半がふらふらだった。涙ぐんでいる保護者もいたが、ベテランの保護者は悠然とその様子を見守っている。母は後者だった。他の子どもたちの世話は率先してやっていたが、自分の息子に関してはほとんど心配していないように見えた。

右手に竹刀を持ったコーチが、館内に声を響かせる。二十代後半のコーチは笛も太鼓も使わない。面をかぶっていないのにその顔は汗みどろだった。

「よっしゃ。最後、百本切り返し」

合宿二日目の稽古は百本切り返しで終わる。永遠に思えた時間にも終わりが来る。普段の稽古ならげんなりするひと言が、天恵のようだった。

和馬は張り切って、ほとんど上がらない腕を無理に上げた。百本切り返しでは、掛かり手が一、二、三、四……と打った面を数えていく。十の区切りごとに受け手が「二十」とか「五十」とか、それまでに打った本数を伝える。

六十を超えたあたりから何も聞こえなくなった。ただ、何本目を打っているかだけは鮮明にわかる。七十を過ぎ、八十を過ぎた。息はとっくに切れている。足はほとんど動いていない。それでも九十まで打った。ゴールはすぐそこだ。誰かが自分の名前を呼んでいるような気がした。

九十五、九十六、九十七、九十八。

九十九。

「和馬っ」

誰かに後ろから羽交い締めにされた。気力だけで竹刀を振っていた和馬は抵抗できず、されるがままだった。足が床から浮く。後頭部に荒い呼吸を感じる。足の親指から汗がしたたって、落ちた。

——あと一本で、終わりやったのに。

そう思ったが、口にする気力は残っていなかった。人形のように抱きかかえられた和馬は、全身から力が抜けていた。

「帰るよっ」

鼓膜を揺らすのは母の声だった。遅れて、眼が見慣れた手の甲を捉えた。母の手の甲には静脈が浮いていた。和馬はかすかに首を動かす。その動きだけで、なんで、と尋ねたつもりだった。母は息子の意図を汲みとったのか、説明しようとした。

「お父ちゃんがね」

その一語で説明は終わった。母は喉《のど》に綿が詰まったように、何も言えなくなった。事情が飲みこめないまま、引きはがされるように防具を脱いだ。百本切り返しを終えた子どもたちは元の位置に整列したが、和馬だけは体育館の隅で、母が宿舎から持ってきた洋服に着替えていた。シャワーを浴びる暇もない。

タクシー来た、と保護者のひとりが言った。血相を変えた母に急《せ》かされ、和馬は監督やコーチにも挨拶せずに体育館を後にした。大人たちから向けられる気の毒そうな視線から、薄々、どういう事態なのか和馬は察した。

父に何かあった。それも、合宿を中断して帰らなければならないほどのことが。

トランクに竹刀や防具やバッグを詰めこみ、タクシーは発進した。母は運転手に聞いたことのない病院名を告げた。ただならぬ気配を感じたのか、運転手は目的地につくまで無駄口を叩かず、一度だけ「縦貫道、使《つこ》てええかな」と訊いただけだった。

後部座席に並んで座る母は、携帯でいろいろなところへ電話をかけていた。和馬に聞かせまいとしているのか、口元を手で覆っている。断片的に聞こえてくるのも、和馬には意味のわからない言葉ばかりだった。

「お父ちゃん、どうしたん」

尋ねると、はっとしたように母が和馬を見た。しかし何も教えてはくれない。「まだ、ようわからん」と言うだけだった。

じきに稽古の疲れが全身にのしかかってきた。車の揺れと相まって、和馬は眠りの淵《ふち》に引きずりこまれる。行きのバスから見たはずなのに、窓の外を流れていく郊外の風景は初めて見るもののようだった。腕や肩や足がだるい。

いつしか和馬は、ぽっかりと口を開けて眠っていた。夢は見なかった。

母に肩を揺すられて目が覚めた。夕刻、橙色《だいだいいろ》の日が母の顔に差していた。和馬は間近で顔を見て、眠る前と違う点に気づいた。母の眼の縁が赤く腫《は》れている。メーターに表示された金額が三万円を超えていた。

手を引っ張られるようにして外に出ると、そこは大きな病院の正面入口だった。消毒薬の臭いが漂う廊下を抜け、和馬と母は小さな控え室に通された。テーブルとチェアがあるだけの簡素な部屋で、十分と待たずに医師が入ってきた。白衣は着ておらず、半袖《はんそで》の医務衣を着ていた。

医師は早口で母と言葉を交わした後、ちらりと和馬のほうを見た。

「息子さんには？」

母は首を横に振った。手の動きで促され、母はしゃがんで和馬と目を合わせた。よく見ると、白目が充血していた。

「お父ちゃん、仕事でケガしてん」

「ケガ？」

「そう。ケガ。それで、もう……帰ってこられなくなった」

母の両目からぼろぼろとこぼれた涙に、和馬はぎょっとした。母の泣き顔を見ると和馬まで悲しくなり、一緒に泣きだした。最初は歯を食いしばるような嗚咽《おえつ》だったが、すぐにそれはわめき声に変わった。泣いているうちにまた悲しくなった。母の涙も止まらなかった。空は橙色から藍色《あいいろ》に変わっていた。

泣きながら、和馬は父とはもう会えないのだと理解した。二年前に曾祖母《そうそぼ》が亡くなったときと同じように、父は手の届かない場所に行った。

親戚が来るのを待って、父が眠る部屋に通された。泣きすぎてもう涙が出なかった。霊安室ではなく一人用の病室で、壁際のベッドに父は仰向けで横たわっていた。首から下にはシーツのようなものをかけられ、顔だけがのぞいていた。シーツは腕や足の形に盛りあがっている。

瞼が閉じられた顔の蒼白《そうはく》さに、和馬はまた泣きたくなったが、喉の奥で嗚咽をこらえた。泣けばここから追い出されるかもしれない。

父の顔は陰影が濃く、いつもより頬がこけて見えた。唇が青紫に染まっている。鼻の下や顎には黒い粉をまぶしたような無精ひげが生えていた。短く切られた髪に数本、白髪が交じっていた。

魂が抜け、入れ物だけが寝そべっているような感じだった。摘出した銃弾は警察に提出した、と医師が言った。

「銃で撃たれたん」

和馬の問いかけに場が静まりかえったが、真っ先に母が「そう」と答えた。

「誰に撃たれたん」

「わからない」

母の声には力がこもっていた。ごまかしではない。そして母がその相手を絶対に許さないであろうことも、和馬にはわかった。

それからの三週間は慌ただしかった。見知らぬ大人が入れ替わり立ち替わり現れ、父との思い出や今の感情をしつこく尋ねられた。父の葬儀が営まれ、警察関係者がたくさん参列した。巡査部長だった父は警部に昇格していた。亡くなったことと昇格することの因果関係が、和馬にはよくわからなかった。

道場で顔を合わせる大人もいた。榊もいた。榊は焼香の後で黙ってお辞儀をしただけだったが、たったそれだけでも和馬には救いになった。

漏れ聞こえる大人たちの会話から、おぼろげに父が亡くなったときの状況がわかった。京都市内で発生した立てこもり事件に、父は機動隊の一員として出動した。立てこもり犯は何かに動揺して警官隊に発砲し、凶弾が父の心臓を貫いた。当時の和馬にはそう理解するのが精一杯だった。

事件の詳細がわからない分、犯人の名前だけは明確に脳裏に刻まれてしまった。

浅寄准吾。

和馬はテレビの画面で彼の顔を見た。父が撃たれる直前の映像だ。アパートの二階の窓から突き出した顔は面長で、頬骨が高く出ている。血色の悪い唇はしきりにうごめく。何より、一重の眼が太陽の光を反射して光っているのが恐ろしかった。

この男に、父は殺された。

テレビは同じ映像を何度も流した。そのうち、嫌でも浅寄の顔が瞼の裏に焼きついた。浅寄がこちらに銃を向ける夢を何度も見たが、なぜかいつも撃たれる前に目が覚めた。

和馬は浅寄への復讐《ふくしゅう》すらできない。浅寄は父を撃った後、自分の頭を撃って死んだからだ。復讐すべき相手はこの世にいない。悲しみと恨みのるつぼで、和馬はただじっとしているしかなかった。

母方の祖母が官舎に泊まりこみで、身の回りのことを手伝ってくれた。母と祖母が深刻な顔で話しあっている場面を何度も見た。和馬は夢の延長にいるような気がした。もう一週間も竹刀を握っていないことに気づいて驚いた。剣道をはじめてから、そんなことは初めてだった。

昼夜を問わず、母と祖母は何かを話しあい、どこかに電話をかけていた。時には外出することもあった。ふたりの会話には「裁判」とか「支援団体」といった言葉がよく出てきたが、その内容が和馬に説明されることはなかった。

母と祖母の協議は盆が明ける前にまとまった。和馬たち母子《おやこ》は、夏休みのうちに愛知にある母の実家に移り住むことになった。警察官の泰文が亡くなった以上、官舎に長居はできないというのが祖母の意見だった。

学校や道場の友達に挨拶もできないまま、和馬は京都を去った。

正確には、ひとりだけ道場の大人に会った。

引っ越す数日前の散らかった官舎に、ふらりと榊が現れた。榊はリビングで数分、母と何事かを話していた。和馬は会話に加わることを許されず、玄関の外で待った。扉を開けて現れた榊の表情はこわばっていたが、和馬がいることに気づくと筋肉を緩めた。

「僕、剣道やめへんよ」

どうしてもそのことを伝えたくて、和馬は待っていた。

「あっち行っても、続けるから」

榊なら喜んでくれるかと思ったが、悲しそうに目を細めただけだった。膝に手をついて視線を下げ、榊は「頑張りや」と言ったきり、背中を向けた。小さくなっていく背中が消えるまで、和馬は外廊下に立っていた。

その年度限りで榊は特練生の指定を解かれ、現役を退いた。


太平洋と接する市に転居した和馬は、新学期の開始と同時に新しい小学校に通いはじめた。父が亡くなってから、まだ三週間しか経っていなかった。悲しみに浸ることを拒否するように、母は看護師として精力的に働いた。

登校初日、母は新しい勤め先への挨拶のため付き添いに来られず、代わりに祖母が来てくれた。大人の付き添いは職員室までだ。祖母は繰り返し教師に頭を下げ、職員室を出て行った。

職員室の入口脇にある掲示板は、雑多なチラシや書類を貼る場所になっていた。週末バザーのお知らせ、そろばん塾の宣伝、町内の祭りの案内。そのなかに見逃せないチラシが交ざっていた。三頭身にデフォルメされた剣道少年のイラスト。剣士募集、の文字が躍っている。この道場に申しこんでもらおう、と和馬は心に決めた。

担任の男性教師に連れられて教室の扉の前に立つ。担任が扉を開き、和馬が足を踏み入れた瞬間、夏休み明けの興奮で騒々しかったクラスがしんと静まった。全員の視線が初対面の転校生に釘付《くぎづ》けになる。

緊張しているとばれないよう、あえてすました顔で教壇に立った。教師が〈辰野和馬〉と漢字で黒板に書き、横に〈たつのかずま〉とかなを振った。新しいクラスメイトたちは、ひそひそ声で何かを話している。

誰も関西の言葉を話していなかった。

簡単な自己紹介を済ませ、和馬は中央に近い席に座るよう促された。視線を浴びながら動くのは試合で慣れているつもりだったが、短い距離を歩くことすら緊張した。膝の関節が錆《さ》びたようにぎくしゃくする。

夏休みの宿題を回収している最中、和馬は座席でじっと身を硬くしていた。見たことのない計算ドリルや漢字の練習帳が目の端を通りすぎていった。京都の小学校で出された宿題はほとんどやっていない。自分だけ夏休みの宿題をやっていないことに、後ろめたいような気がした。

休み時間になると数人の生徒たちが集まってきた。

「京都弁、話して」

真っ先に誰かが言い、それに乗っかって他の生徒が競うように口を開いた。

「おくれやすー、でしょ」

「違うよ。そんなあほな、ってつっこむんだよ」

「何でもいいから話してよ」

責めるように言い募られ、和馬は思わず「そんなん言われても」と口にした。

「あ、出た。今のが京都弁？」

「あんた、そんなん言われてもー」

誰かがすっとんきょうな声で真似をして、笑いが起こった。みんな笑っていた。笑えないのは和馬だけだった。

その日はそんな調子で終わった。翌日も、翌々日も、和馬の話し方は笑いの対象になった。なかなか友達をつくるきっかけができない。京都の小学校や道場が恋しくて、家に帰ると毎日泣いた。京都弁を話すとバカにされるから、同級生の言葉を真似して話すように気をつけた。

放課後、とぼとぼと帰り道を歩いていると、後ろから名前を呼ばれた。眼鏡をかけた男子の顔には見覚えがある。話したことはないが、同じクラスの生徒だ。

「辰野くん、家こっち？」

「うん。橋渡って、左に曲がったところ」

「僕の家もこっち。うちは右だけど」

「じゃあ近いね」

クラスメイトと普通に会話をするのは、ほとんど初めてだった。他の生徒が相手だと、二言三言話しただけで笑いだしてしまって会話にならない。この子となら友達になれるかもしれない、と期待した。

授業の話をしながら並んで橋を渡っているとき、男子生徒が切り出した。

「お母さんが言ってたんだけどさ」

会話の温度が変わった。言葉の端々に隠しきれない好奇心が感じられる。歩調を緩めたクラスメイトは和馬の顔をのぞきこんだ。

「辰野くんのお父さん、殺されたの？」

目の前が真っ暗になった。

「何か、悪いことしたの？　だから殺されたの？」

硬い石で殴られたようなショックに、和馬はしばらく口が利けなかった。

面と向かってそう言われたのは初めてだった。病気や事故で〈死んだ〉のではない。父は別の人間によって〈殺された〉のだ。生きられたはずの人生を、他人の手によって強制的に切断された。

その男子生徒に悪気はなかったのかもしれない。だが、和馬の反応を観察する彼の顔がとてつもなく卑しく感じられた。

「うるさいっ！」

できる限り喉を震わせて叫んだ。相手が怯《ひる》んだ隙に駆けだす。橋を渡って左に曲がれば、家はすぐだ。背中でランドセルが上下に揺れ、反動で和馬の身体も揺れた。悔し涙が数滴、頬を伝っていた。クラスメイトは追いかけてこない。和馬は一度も後ろを振り向かず、家のなかへ飛びこんだ。

与えられたばかりの自分の部屋で、日が沈むまでうずくまっていた。祖母が夕食に呼びに来ても、部屋から出なかった。祖母からの干渉はそれ以上なかった。

どうして、父は殺されたのだろう。殺されるようなことをしたのだろうか。殺されなければならない人間だったのだろうか。殺した人間は何を考えてそうしたのか。

わからないことだらけだった。わからないことが増えるたび、悲しさも増した。

玄関から帰宅した母の声が聞こえた。小さい獣のように部屋から転げ出た和馬は、驚いて目を見張る母に問いかけた。

「お父ちゃん、なんで殺されたん」

母の肩先まで伸びた髪の毛が逆立ったように見えた。靴も脱がず、三和土《たたき》に立ったまま、正面から和馬を見据える瞳《ひとみ》は空白だった。

母がどう答えるかは知っていた。それでも、訊かずにはいられない。

「なんで死ななあかんかったん。なんでおらんくなったん」

もう涙を流すことはなかった。母は考えることをやめていた。

「わからない」

かすれた声で返ってきた言葉が、唯一の答えだった。

改めて、和馬は京都での話し方を捨てることを決めた。思い出は捨てられなかったが、せめて見た目だけは愛知の子になろうと言い聞かせた。わからないことを、これから先ずっと考えていたくない。

そうしなければ生きていけなかった。

道場を初めて訪問したのは週末だった。前日まで祖母が付き添うことになっていたが、仕事の都合をつけた母が来ることになった。母は、学校よりも道場のほうが和馬にとって重要だと考えていたのかもしれない。

ひと月近く竹刀を握っていなかった。最後に稽古をしたのは福知山での合宿だ。手のひらや足の裏にできたマメが、少しやわらかくなったような気がする。前夜、和馬は狭い庭で百本素振りをして久しぶりの稽古に備えた。

剣道で居場所を見つけられなければ、もうどこにも居場所なんてない。幼心にそう直感していた。

大半の剣道クラブは地域や学校の体育館を借りて稽古をするが、愛知赤心館《せきしんかん》には専用の道場があった。チラシの文面によれば、四十年以上の歴史ある道場で、県内でも上位入賞の実績多数らしい。くすんだ漆喰《しっくい》壁や黒光りする瓦《かわら》屋根は、小ぶりな一戸建てが並ぶ住宅街で威容を誇っていた。母は木製の引き戸の前に和馬を立たせた。

「開けて」

教室の扉は担任が開けてくれたが、この引き戸は和馬の意志でしか開かない。大きく一気に息を吸い、ゆっくりと浅く吐きだす。いつか父が教えてくれた呼吸法。

力をこめて引き戸を開けると、思いのほか滑らかに戸車が動いた。稽古の開始よりずいぶん早く来たのに、土間の靴箱にはもう生徒たちのスニーカーがずらりと並んでいる。板間は小学校の体育館と同じくらいで、試合場が四面は取れそうだった。道着の生徒たちが遊んでいる光景に、初めての教室を思い出し、肩がこわばった。

母と一緒に指導者への挨拶を済ませると、もう稽古がはじまる時刻だった。和馬は道場の隅で急いで着替える。一か月ぶりの道着はごわごわして、肌がすりむけそうだった。

道場には小学生しかいない。中学生以上も在籍しているが、稽古の時間はずらしているらしい。和馬は体験入会という扱いで、一番後ろに並んだ。

整列した皆と向き合う格好で、背の高い少女がひとりで前に立った。大人びているが、この時間帯にいるということは小学生なのだろう。

「正面素振り五十本、はじめ」

少女の号令で稽古ははじまった。空《くう》を打つたび、頭の後ろで束ねた黒い髪が揺れる。くっきりした二重の眼。濃い鉛筆で引いたような眉尻《まゆじり》が上がっていた。腹から発せられる高い声は道場の空気をぴりぴりと震わせる。

面をつけるとき、道場の生徒たちは皆手拭いを帽子にしてかぶっていた。父から禁じられていたやり方。周囲に合わせようかと思ったが、和馬は作り方を知らない。仕方なくいつものように手拭いを頭に巻きつけた。

急いだわけでもないのに、誰よりも早く面をつけ終えた。若い指導者からにこやかに声をかけられる。

「早いな。面つけるのがうまいんだな」

「ありがとうございます」

縛られていた縄が解けたように、全身の力が抜けた。たったそれだけのやりとりで、失いかけていた自信が少し取り戻せた。

落ち着いて基本稽古を観察すれば、驚くほどの実力者はいない。平均点は高いけれど、ずば抜けて強い生徒はいないように見えた。これなら後れを取ることもなさそうだ。やや安心して、和馬は久しぶりの稽古に熱中した。

あの少女と竹刀を交えたのは、地稽古に入ってからだ。

五十も歳が離れた道場主との稽古が終わり、和馬は次の相手を目で探していた。

「ねえ、あんた」

肩越しにかけられた声に振り向くと、素振りで前に立っていた少女がいた。向かい合うと見上げるような体勢になる。きっと年上だろう。

「相手してよ」

少女は返答も待たずさっさと上座に立った。そのふてぶてしさにむっとしたが、むしろ闘争心がかき立てられた。自信ありげな態度からも、この少女が道場で有数の実力者だということは察せられる。みんなの前で彼女を圧倒すれば、生徒たちの見る目は一気に変わるだろう。

京都では四年生で大将を務めていたのだ。年上だろうが勝てないことはない。試合では少女と同じくらい背の高い選手から面を奪ったこともある。

地稽古はあうんの呼吸ではじまった。和馬は果敢に面へ跳ぶ。全力で振った竹刀は、面に届く前に打ち落とされた。あれ、と思う間もなく、和馬の頭に衝撃が走った。

面打ち落とし面。

少女の上背を活《い》かした、難易度の高い技だ。

和馬は恥ずかしさを隠すため、首をひねってみせた。久しぶりで感覚が戻らない、という演技だ。初太刀から見事な一本を取られ、内心は悔しさに燃えていた。

今度は手元が浮いた隙を狙って、甲手を打った。捉えた、と思ったときには上から甲手を打たれて相殺され、また頭上に叩きこまれた。

相甲手面。

「一本勝負で終わりにしよう」

少女は涼しい顔でそう言った。

もはや和馬に作戦はない。がむしゃらに、少女の面に跳ぶ。無理やりにでも一本を取らなければ気が済まない。今度こそ当たったと思った瞬間、少女が消え、腹に打たれた感触が残る。

面返し胴。

上背のある相手は胴が打ちにくいはずだった。しかしバンザイのように両手をあげた和馬の胴は、きれいに打ち抜かれている。思わず言い募った。

「もう一本、もう一本だけ」

「ダメ。勝負に二度目はない」つれない反応だった。

完敗。稽古なのに、そんな言葉が浮かんだ。

少女は皆から楓と呼ばれていた。苗字で呼ばれないのは、かつて同じ道場に通っていたという兄と区別するためだ。兄は県内の名門校で剣道を続けていた。

別の小学校に通う楓と会うのは道場だけだった。五年生の楓とはひとつしか歳が違わないが、和馬にはそれ以上に年齢が離れているように感じられた。

楓は赤心館の大将を務めていた。他のメンバーはすべて六年生の男子。定石通りに、最も実力のある選手を大将に選んだ結果、そうなったのだ。百六十二センチの長身に、長い腕を活かした伸びのある打突。手首や肘《ひじ》の使い方、間合いの取り方も小学生離れしていると言ってよかった。

二度目の稽古では、和馬のほうから楓に稽古を申しこんだ。

「お願いします」

頭を下げたが、楓は無表情で小さくうなずき返しただけだった。胸のうちでくすぶっていた悔しさが盛んに燃える。

前回は頭に血が上り、勝負にならなかった。失敗を踏まえて、和馬は得意なところで勝負を仕掛けることにした。和馬の長所はまっすぐな面打ちと、面を警戒する相手の手元を狙う甲手打ちだ。まずは面を意識させなければ話にならない。

打ち手から見て右側が表、左側が裏になる。表から、裏から、楓の竹刀を払って面を打ちこむ。打っていないときも気は抜けない。うかうかしていると長い腕が伸びてくる。ボクサーのような身のこなしで楓の打突をかいくぐりながら、反撃の機会をうかがう。

地稽古は実戦に則して行われるが、実戦ではない。相手の打突を避《よ》けるための練習ではないため、あまり一本にこだわると指導者から注意されることがある。しかし和馬にとってはどうでもいい。傷ついたプライドを回復するには、どんな手を使ってでも楓から一本を取らなければならない。

やや強引に竹刀を押さえて打ち間に入る。手首の返しを使って剣先を上げると、楓の竹刀がわずかに浮いた。鋭角に竹刀を返し、左に体を寄せて面打ちをかわしながら、楓の右甲手を斜めに打つ。

体勢は崩れたが、うまく出甲手が決まった。よし、とひそかに拳を固める。

楓に動揺は見えなかった。だが、これで和馬に出甲手があることは頭に入ったはずだ。案の定、楓の出足は鈍った。打突に出ようとして躊躇する場面が増えた。和馬は甲手を打つと見せ、裏から面に跳べばいい。

その日の稽古は和馬がペースを握ったが、それでも取った本数は同じくらいだった。さすがに道場一の実力者だけある。

稽古が終わり、防具を外している最中、和馬の正面に人影が立った。見上げると、深い黒色の瞳がこちらを見ていた。

「強いね」

あぐらをかく和馬を、楓は立ったまま見下ろしていた。

「ここ来る前、どの道場にいたの」

京都で通っていた愛好会の名前を告げたが、楓は「ふうん」と言っただけだった。さして名の通ったクラブではないから、愛知の彼女が知らないのは当たり前だ。楓は防具をはさんで和馬の前に腰をおろした。

「あたしは五歳からここ通ってる」

「へえ」

「そっちは？」

「一年生から」

「じゃあ六歳か。当ててみようか」

何を、と問う代わりに和馬は怪訝《けげん》な顔で楓を見た。愛知に来てからというもの、積極的に話しかけてくる相手はたいてい和馬の感情を逆撫《さかな》でする。声をかけられると反射的に警戒するようになっていた。

「親も剣道やってるか、やってた人。当たりでしょ。じゃないと子どもに六歳から剣道やらせようなんて思わないもんね」

そんなこととか、と拍子抜けした。楓は期待に頰をふくらませている。この先輩は、剣道は大人みたいだけど性格は子どもだ。それに、笑うとえくぼができる。「当たり」と和馬は答えた。

「やっぱり。お父さんのほう？」

「うん」

「お父さん、何してるの」

「警察官」

余計なことは言わなかった。言えば、不快な思いをするのは和馬のほうだ。一方、楓はその答えに頬を上気させた。

「嘘。もしかして特練？」

「違う」

同じ機動隊でも、榊は特練だったが父は違った。特練生が強いことは知っていたけれど、なぜかはよく知らない。警察のなかでも特に剣道が強い人をそう呼ぶのだろう、というくらいの理解だった。

「あたし、特練に入るのが目標なんだ」

楓はいかにも内緒話らしく口元に手を当てて言ったが、声が大きいから他の生徒にも聞こえていた。眼を輝かせている楓に気を遣って、和馬は尋ねた。

「なんで特練なの」

「だって格好いいでしょ。めちゃめちゃ強いし」

楓は愛知県警にいる女性特練員の話をした。全日本の常連で、稽古での指導は優しくて、かつ美人なのだという。憧れの熱量が和馬にも伝わってきた。

楓が積極的に話しかけてくるのは少し面倒だったけれど、内心は嬉《うれ》しかった。あの子と仲良くしてやれ、と大人たちから言いふくめられているのかもしれないが、それでもこうして普通に話してくれるのはありがたい。

しかし次の稽古で、楓は顔を合わせるなりむすっとしていた。和馬の着替えが終わるのを待って、大股《おおまた》で歩み寄ってくる。

「なんで黙ってたの」

「何が」

「お父さん、いなくなったこと」

——またその話か。

「したくなかったから。ええやん、黙ってても」

封じていたはずの京都弁がついこぼれた。竹刀の中結《なかゆい》を直すふりをして顔を背ける。

楓は立ち去ろうかどうか迷っているようだったが、やがて湿っぽい声で言った。

「なんか、お父さんのこととか、いろいろ話して……ごめん」

水っぽい声音から、みずからの言動を心から悔やんでいることが察せられた。顔を上げると楓はもう踵《きびす》を返していた。素振りの号令をかけるために上座へ駆けて行く。竹刀を持っていない右腕を縦ではなく横に振っていたのが印象に残った。

和馬が道場の空気に慣れたころ、教室の雰囲気も変わりはじめた。きっかけは、赤心館に通う同級生だった。

同学年の生徒たちのなかで、和馬の実力は群を抜いていた。五年生や六年生と試合をしても互角に渡り合う。無鉄砲で、考えるより先に飛び出してしまうところはあったが、指導者たちはその性格が先鋒に向いていると判断し、さっそく道場のレギュラーに抜擢《ばってき》された。四年生でレギュラーに選ばれたのは和馬だけだった。もともと赤心館に通っていた生徒たちも、新入りを認めざるを得なくなった。

　体育の授業で、ふたりでペアをつくって鉄棒の練習をしていた。和馬は赤心館に通うクラスメイトに声をかけられてペアになった。道場では少しだけ話したことがあったが、学校では一度も会話したことがない。鉄棒の数は限られているため、自然と待ち時間ができた。気まずさを感じながらグラウンドの隅に立っていると、ペアの片割れが和馬に尋ねた。

「京都にいたとき、どんな稽古してたの」

　うつむき、運動靴のつま先で地面を掘っていた和馬はびくりと顔を上げた。

「……いや、別に。普通の稽古」

　学校で話しかけられるとは思っていなかったから、和馬は面食らった。それでも剣道の話題だったから、つっかえずに答えることができた。

「地稽古とか？」

「うん。打ちこみとか。先生が号令かけるまで打ち続ける稽古」

「それ、やばい」

「合宿だと、みんな倒れたりする。エアコンもないし」

尋ねられるまま、和馬は京都での稽古を思い出しながら話した。毎回参加していたわけでもないのに、なぜか記憶のなかの稽古には常に父がいた。思い出すのは指導されている場面ばかりだ。入ってはいけない場所に忍びこんで、ひどく叱られたこともあった。

当時は叱られれば、泣きたくなるか腹が立つかだったが、今はどちらでもない。切ないような、静かな悲しさがひたひたと胸に迫る。ほんの数か月前の出来事が、何年も前に起こったことのように思える。

和馬は切なさを振り切るように、饒舌《じょうぜつ》に語った。クラスメイトは興味深そうに聞きながら、時おり質問をする。鉄棒の順番が来たときだけ黙って前回りをして、終われば続きを話した。稽古のこと、榊のこと、赤心館の生徒たちのこと。話題は尽きなかった。

その日から彼とは教室でつるむようになり、自然とその友達とも話すようになった。学期が終わるころには、まるでずっと前からそうであったように、和馬は教室に溶けこんでいた。赤心館のレギュラーだということも広まり、からかいはじきに消えた。

和馬は体育の授業で話しかけてくれたクラスメイトに感謝していた。赤心館での稽古の後で、何気なく訊いてみたことがある。

「あのとき、なんで話しかけてくれたの」

彼は、なぜ尋ねられているのかもわからないような顔で言った。

「強いから」

汗まみれの彼の顔を見ながら、和馬は口が利けなくなった。面白そうだから、とか、気が合いそうだから、という答えを和馬は期待していた。しかし事実は、強いから話しかけた。それはつまり、弱ければ話しかけなかったということだ。

初めてここに来た日、楓に稽古の相手を申しこまれたのも、和馬が強かったからだ。弱ければ、楓は声もかけなかったかもしれない。

——強くなければ、居場所はない。

和馬はそれまで以上に、真剣に稽古をした。弱いと思われれば居場所を奪われる。小学生の和馬にとって、教室と道場にいられないということは、どこにもいられないことを意味する。それだけは避けなければいけない。

人として認められるために、和馬は強くあり続けるしかなかった。

和馬は五年生にかけての一年で、少しずつ剣風を変えた。勝ち続けなければならないというプレッシャーから、無鉄砲さを抑え、慎重さを増していった。そのせいか、ポジションは先鋒から副将に移された。五人制の団体戦で後ろから二番目になる。楓は一年間、誰にも大将の座を譲らなかった。

四月の道場対抗は小牧《こまき》の体育館で開催された。試合用の着装は白道着に紺袴で、道着の左袖《そで》には銀糸で〈愛知赤心館〉と縫われている。腕を通すと、自然と身が引き締まるような気がした。

選手でごった返す会場でアップを終え、楓が言った。

「負けたら坊主だからね」

「わかってるって」

京都とは違っていきなりトーナメント戦になるため、負ければ即敗退だ。もし和馬のせいでチームが負けたら、坊主頭にすると楓と約束していた。もともと短い髪の毛だが、刈ってしまうことには抵抗がある。髪を守るためにも負けるわけにはいかない。赤心館は昨年ベスト8の成績を収めている。目標は優勝だが、最低限、昨年の成績は超えなければならない。楓にとっては昨年のリベンジなのだ。

冬の間、楓はめきめきと実力をつけていた。弱点だった振りの遅さを改善するため、打ちこみで足腰を鍛え、暇さえあれば姿見に向かって竹刀を振った。その甲斐《かい》あって、楓の打突は確実に力強さを増している。

和馬も昨夏からの時間を漫然と過ごしたわけではない。苦手な引き技を習得するため、基本稽古ではしつこいくらいに反復練習をした。試合で使える程度にはなったが、一本になるかと言われると自信はない。

緒戦は五対〇、二戦目は四対〇と快勝し、あっさりベスト8入りした。楓と和馬は二戦とも危なげなく勝利した。次戦で勝てば昨年を超えられる。

その次戦、先鋒と次鋒が引き分けた時点で和馬は僅差《きんさ》の試合になることを予感した。さらに中堅が面を取られて一本負けを喫したことで、赤心館は早くも正念場を迎えた。応援席の保護者たちは、選手よりも不安そうな顔をしている。

不安の理由はわかっていた。相手チームの最後に控える大将は、昨年の個人の大会で入賞している。体つきはもう中学生のようだ。負けは論外だが、引き分けでも大将はかなり不利になる。勝ち以外、副将には求められていなかった。

「頼むよ」

楓に言われ、うなずき返した。大きく一気に息を吸い、ゆっくり吐きだす。呼吸法は身につけていた。

相手の副将はちょこまか動くタイプだった。的が絞りづらく、中心を攻めて打っても身体を無理によじってかわしてしまう。面を主体に試合を組み立てる和馬にはやりにくい。唯一足を止めるのは、鍔《つば》競り合いの最中だけだった。相手もそこが弱点だとわかっているのか、すぐに距離を取ろうとする。

試してみよう、と決めてから行動に移すまでは早かった。

和馬は面を打って鍔競り合いに持ちこみ、左肩にかつぐような格好で竹刀を振りかぶってみせた。甲手を打たれると思った相手はとっさに竹刀を下げる。無防備な面が、和馬の目の前に差し出された。

かついだ竹刀を相手の面に叩きつけ、素早く後ろに下がる。足の裏が攣《つ》りそうになるのもかまわず、全速力で後退する。

かついで引き面。道場で中学生がやっているのを見て、こっそり練習していた。和馬の旗が上がる。初めて公式戦で引き技を決めた。

そのまま逃げ切り、辛くも一本勝ちをもぎとった。

これで勝数《かちすう》、取得本数ともに対等。大将戦の勝敗がそのままチームの勝敗になる。

入れ替わりに楓が試合場に入った。竹刀を振る前から、それまでと様子が違うような気がした。気合いが入りすぎている。

「落ちつけ、落ちつけ」

急いで面を外した和馬は楓に向けて叫んだが、そのときにはすでに試合がはじまっていた。初太刀から相面《あいめん》になり、危うく一本を取られそうになる。腕力では相手のほうが上だ。誘いだして応じ技を狙うべきだが、楓はみずからどんどん打っていく。これも作戦なのだろうか。跳ぶたびに面の後ろのポニーテールが揺れる。

和馬は叫び続けた。それは楓への声援であると同時に、和馬自身の不安をかき消すためでもあった。

小学生の試合時間は二分。半分の一分を過ぎると、楓の息が上がってきた。前ではなく上に跳んでしまう悪い癖が出ている。楓は空気に呑《の》まれていた。このままでは勝ち目は薄い。大将が引き分ければ代表戦になる。そうなったら、和馬はみずから志願するつもりだった。今の楓ではこの相手に勝てない。

残り時間が三十秒を切ったところで、それまで手数の少なかった相手が急に攻めこんできた。間合いの近さに上体を引いた楓は、思わず左足のかかとを床につける。居着くな、と和馬が叫ぶより早く、相手は楓の面を打ちすえていた。

「面あり」

楓は呆然《ぼうぜん》と立ち尽くした。

大将戦はそのまま幕切れとなった。一対二で敗退。ベスト8に留《とど》まり、昨年の記録を上回ることはできなかった。楓は淡々と防具を片付け、親が運転する車で帰宅した。少なくとも和馬の前では、感情を表に出さなかった。

翌日の稽古では、道場の上座に見知らぬ生徒がいた。後ろ姿の印象から、高学年の男子かと当たりをつけた。しかし楓という袴の刺繍《ししゅう》に気づいたとき、つい「えっ」と声を出していた。その声に彼女は何でもないような表情で振り向く。

長い黒髪がばっさり切られて、ショートカットになっていた。横に流した前髪から額がのぞいている。和馬は新しい髪型をしげしげと見た。

「その頭」

楓はすっきりした襟足を撫でて、笑った。

「坊主じゃないけど」

表には出さなかったが、楓は大将としての責任を感じていた。和馬にもその気持ちは十二分に伝わったが、あえてそのことには触れなかった。

「そのほうが髪洗うの、楽そうだね」

「楽だよ。でも寝ぐせはつきやすい」

落ちてきた髪を右耳の後ろにかきあげる。道場の照明にあたった髪の一本一本が絹のようにきらめき、和馬の網膜に残像を刻んだ。ふくみ笑いを浮かべる楓の表情が、今までよりさらに大人びて見えた。


中学に上がった年、母はノートパソコンを手に入れた。知人から格安で譲ってもらったパソコンは真新しく、和馬の興味を引いた。母は夜ごとパソコンを操作していたが、何をしているのかは教えてもらえなかった。しつこく尋ねると、怒った声で「仕事」とだけ返ってきた。

中学は剣道の強豪校で、練習は道場よりずっと厳しかった。日曜以外は練習があり、その日曜も遠征や対外試合でしょっちゅうつぶれた。

特例は期末試験前の一週間だ。その期間は、全部活が練習を休むことになっていた。和馬は一学期の期末試験前に与えられた休みの間、ろくに勉強しなかった。友達とファーストフード店で雑談したり、ゲームセンターに行ったりして過ごした。

友達と予定が合わなかった日が、一日だけあった。たまには勉強するかという気になり、珍しく家にまっすぐ帰った。母は日勤の仕事に出ていて、祖母は外出中で、家には和馬ひとりだった。

自分の部屋に足を向けかけた和馬は、あのノートパソコンのことを思い出した。今なら、触っても怒られない。勉強への意欲は薄れ、和馬は母の部屋へ忍びこんだ。

パソコンはデスクの上に置かれていた。家には誰もいないのに、和馬はたびたび廊下のほうを振り向きつつ、デスクの前に座る。二つ折りの液晶画面の部分を持ち上げる。何度か母がリビングで使っているのを見たことがあったため、操作方法はなんとなく知っていた。電源ボタンを押してパソコンを起動する。後ろめたさと相まって、和馬の心臓は高鳴っていた。

起動中の暗かった画面がいきなり明るくなる。デスクトップに表示されていたのは、家族三人の写真だった。父と、母と、まだ小学生の和馬。事件の年、花見に行ったときに撮影したものだ。和馬はそのときのことを覚えている。散りはじめた桜の木の下で、百貨店で買った弁当を食べた。父は夜勤明けで神経がたかぶっていたのか、いつもより口数が多かった。母が大学生らしき花見客に頼んで、写真を撮ってもらった。

和馬は、切ない記憶に不意打ちを食らった。このパソコンには母の大事なものがしまわれている。罪悪感を覚えながらも、マウスを操る手は止まらない。母がこのパソコンで何をしているのか、いよいよ気になった。

デスクトップにはファイルがほとんどない。インターネットのブラウザを開くと、〈お気に入り〉にいくつかのサイトが登録されていた。聞きなれない団体名のサイトにアクセスすると、それが犯罪被害者の支援団体であることがわかった。

事件からもうすぐ三年になるが、母が和馬の前で弱気な姿を見せたことはほとんどなかった。気丈にふるまう母を、冷たい人間だと思ったことすらあった。しかし本当は、深く深く傷ついていた。そして和馬に弱さを見せないよう、こっそりと助けを求めた。もしかしたらこのことは祖母も知らないのかもしれない。

〈お気に入り〉には訴訟手続きを解説したサイトや、弁護士事務所のサイトも登録されていた。母は誰かを訴えるための準備を進めているのかもしれない。訴えるとすれば、死んだ浅寄だろうか。ウェブメールも登録されていたが、パスワードを求められたため、閲覧は諦めた。

次に、和馬は検索サイトのボックスに〈京都〉〈立てこもり〉などの単語を入力した。人差し指でひとつずつ文字を選ぶのはじれったかったが、どうにか入力を終え、検索ボタンをクリックする。

一秒もかからず、巨大掲示板や個人ブログの一覧が表示された。和馬は迷うことなく、検索結果の一番上にあった掲示板のログを選んだ。そういうものがあるということは知っていた。

和馬が知りたかったのは、事件に対する第三者の意見だ。より正確に言えば、第三者が犯人を叱責する言葉を見たかった。父を射殺し、その家族までも苦しめる浅寄准吾への罵倒《ばとう》を見たかった。そうでないと、心の平穏が保てそうになかった。

ログの日付は三年前の八月九日だった。事件の翌日。新聞やテレビ番組で、盛んに報じられていた時期だ。あの立てこもり事件はテレビでも中継され、全国から注目を集めた。

匿名の書きこみがずらりと並んでいる。ほとんどは一行か二行の短いコメントだ。和馬はマウスを少しずつ動かし、書きこみを見ていった。

まず目についたのは、警察への誹謗《ひぼう》中傷だった。

〈社会の害悪は即刻射殺でよかった〉

〈隊員死んだの警察のせいだろ〉

〈さっさと突入すればよかったのに〉

〈クソヘタレ京都府警〉

浅寄やその家族への暴言もあったが、期待していたよりは少なかった。

〈やばそうなやつは事件起こす前に牢屋《ろうや》に放りこめ〉

〈痴話喧嘩《げんか》に税金使うな〉

〈妻はずっと何してたんだよ〉

〈息子が殺されれば、悲しむのは犯人の身内だけだった〉

順番に書きこみを見ていた和馬の手が止まったのは、ある意見を目にしたせいだった。

〈弾を避けなかった機動隊員が悪い〉

「えっ」

思わず声が出ていた。

呆気にとられた後、こみあげてきたのは激しい怒りだった。あの事件を知って、こんな感想を抱く人間がいるとは思いもしなかった。非常識な意見もあるものだと、和馬は憤慨した。

しかし、そういった類《たぐい》の書きこみは次々と見つかった。それどころか、犯人への中傷よりも多いくらいだった。

〈機動隊なんて死ぬ覚悟でやってんだからしょうがない〉

〈なんで撃とうとする犯人に気がつかないの？　目ん玉どこについてんの？〉

〈脳筋の犬が死んだくらいで何騒いでんだか〉

〈警官が殉職したら数千万出るって聞いた。家族はむしろラッキーだろ〉

〈犯人は警官ひとり分の税金を浮かせた有能なので無罪〉

〈辰野隊員、犬死に！〉

震えはマウスに置かれた指先からはじまり、次第に全身へと広がった。父の遺体にかけられたシーツの白さがよみがえる。花見で楽しそうに話す父と、遺影に納まった制服姿の父が交互にフラッシュバックする。

どうして父が責められなければならないのか。

うぐっ、という低い嗚咽が喉の奥から漏れた。目の縁からぼろぼろと涙がこぼれる。しゃっくりが止まらず、鼻水が顎先まで流れた。涙を乱暴に拭い、和馬は無数にある書きこみの閲覧を続けた。これ以上傷つきたくないのに、やめることができなかった。

もっと強くならなければいけない。無数の悪意に心を殺されないために。父が犬死にだったなどと、誰にも言わせないために。

涙と鼻水でぐしゃぐしゃになった顔が、液晶画面に映りこんでいた。

高校に上がった年、七回忌のために京都へ戻った。父の実家は京都にあり、法要はその家の仏間で行われた。和馬は制服で新幹線に乗った。ツーピースの喪服を着た母は朝から口数が少なく、ふたりでの短い旅は居心地が悪かった。

　和馬と千冬が父の実家に到着したとき、すでに大阪の叔母《おば》一家は来ていた。父の妹とその夫、それに高校三年の従姉《いとこ》だった。彼女は二歳という年齢差よりもずっと大人びて見えた。夏用の制服を着た従姉と一緒にいると、学校の外で上級生と出くわしたような、何とも言えない気まずさがあった。ポニーテールの髪留めや制服の着こなし方にはセンスがあって、教室では中心的なポジションにいるのだろうと想像できた。

　和馬はこの従姉が少し苦手だった。いつも当たりがきつく、楓のように気安く話せる雰囲気がない。父が亡くなる前ですら顔を合わせるのは年に二、三回だったが、愛知に引っ越した今では父の法要の他に会う理由もない。

　千冬は大人たちの輪に交じって、世間話をはじめた。母が和馬のそばを離れたのを見計らったかのように、従姉が声をかけてきた。仏間の隅で、和馬は逃げ場がなかった。

「愛知から遠かった？」

　従姉の顔は笑っても怒ってもいない。和馬は目を合わせずに答えた。「別に。一時間ちょっと」

「まだ剣道やってんの」

「一応」

話すのはどうでもいい内容ばかりだった。いつになくやわらかい話し方に気味悪さを覚えたが、和馬は訊かれたことにだけ答えることにした。

「話し方、変わったんやね」

途切れた会話を埋めるような言い方だった。

「そうか」

「変わったって。京都弁取れてるやん」

従姉の口調に苛立ちが混じりはじめた。何が彼女の逆鱗《げきりん》に触れたのかわからない。和馬が黙ると、従姉の舌はさらにとげとげしくなった。

「これでも一応、気ぃ遣ってるんやけど」

意味がわからず「は？」と返すと、従姉は嘆かわしそうに首を振った。

「今日、お父さんの七回忌やろ。わかってるん。悲しいと思わんの」

何を責められているのか見当がつかないまま、和馬は「悲しいけど」と戸惑いつつ応じるのが精一杯だった。従姉の苛立ちはエスカレートする一方だった。

「私今まで気ぃ遣って、あんたが話しやすいような空気つくってあげてたんやで。気づいてへんやろ。ぽかんとして。私やったら、お父さんが死んだらそんな平然としてられへんわ。ほんまはそんなに悲しくないんとちゃうの」

言いたいことを言って、従姉は仏間から去っていった。取り残された和馬は数秒遅れて頭に血が上ってきた。

父がいなくなって、悲しくないわけがない。ただ、事件から六年が経って悲しみの質が変化しただけだ。胸が空っぽになったような虚無感は今でも消えない。病室で見たシーツの白さは、はっきりと思い出すことができる。

僧侶《そうりょ》が来る直前、ただひとりの親族でない参列者が到着した。ダークスーツをまとった榊は千冬に挨拶を済ませると、まっすぐに和馬のほうへ近づいてきた。隣の座布団に腰をおろし、仏壇に飾られた遺影を一瞥《いちべつ》した。引き伸ばされた父の写真は、府警の制服を着て正面を見据えている。

「久しぶりやな。どこの中学生かと思ったわ」

和馬は笑いながら「十センチ伸びました」と応じた。高校一年になっても、身長は期待していたほど劇的には伸びなかった。

榊の見た目は六年前と変わっていない。ずいぶん前に特練の指定を解かれたことは、母から聞いて知っていた。母と榊は今でも連絡を取り合っている。母が通話口に向かって「頼れるのは榊さんしかいないんです」とか「そのときにはよろしくお願いします」と言っているのを耳にしたことがあった。

和馬はそれを、母と祖母の会話と結びつけていた。きっと母と榊は、これから起こす裁判について話しているのだと。母は、死んだ浅寄を訴えるつもりだ。和馬はそう信じていた。父は何を思って、防弾ベストもつけていないのに飛び出したのか、窓から身を乗り出す浅寄には気づかなかったのか、きっと裁判で明らかになるはずだと期待していた。

しばらくの間、当たり障りのない会話を交わした。榊は府警を代表して参列したといった。数少ない参列者は皆、定位置について僧侶を待っている。静かな雑談のざわめきが、和馬たちの会話を周囲からかき消していた。今なら訊ける、と判断した。

「裁判、やるんですか」

榊の表情が引き締まる。和馬の切迫さをかわすように、榊は冷静に答えた。

「裁判って、何の話や」

「浅寄を訴えるんじゃないんですか」

「それは無理や」

拍子抜けだった。和馬は自分の推測が外れたことを悟った。同時に、父を殺した犯人を法で裁くことができないという理不尽さへの怒りがふつふつと沸いた。従姉への反感と相まって、和馬のなかで感情の温度が急上昇した。

「なんでですか」

「被疑者……犯人のことやな。犯人が死んどったら、不起訴や」

「死んでも、そいつがやったことは変わらないのに」

「仮に賠償金を払えって判決が下っても、死んでたらもう払われへんやろ」

「じゃあ、家族を訴えればいい。家族にも責任はあるでしょう」

そう言うと、榊は作り物のような眼で和馬を見た。その視線に怯んだ和馬がうつむくと、榊はあくまで穏やかに言った。

「辰野さんを殺したんは浅寄や。家族とはちゃう」

それは理解している。しかし、自殺したから責任を取らなくてもいいというのは、あまりにも道理の通らない理屈に思えた。それに、和馬は賠償金がほしいわけではない。

「なんで死んだのかを、知りたいんです。それだけです」

榊の眼が潤んだような気がした。和馬の顔を見て、何か言おうとした。め、とだけ言って、榊はかぶりを振った。

「何ですか。今、何か言おうとしませんでしたか」

「いずれ、わかる」

その直後、僧侶が到着した。

読経《どきょう》の最中も榊との会話を反芻《はんすう》していた。父を殺したのは浅寄だが、だからといって家族に責務はないのだろうか。和馬には納得できなかった。それに、浅寄やその家族を訴えることができないなら、母は誰を訴えるつもりなのか。それとも、すべては和馬の思いこみにすぎないのか。

長い読経と説法が終わり、痺《しび》れた足をほぐしていると、背後から「ちょっと」と従姉の声がした。鬱陶《うっとう》しさを感じつつ、渋々振り向く。従姉は和馬の顔を凝視していた。榊は早々にトイレへ立っていた。

「さっき、笑ってたやろ」

榊との会話のことだろう。ああ、と和馬は気のない返事をした。その反応が気に障ったのか、従姉は畳を手のひらで叩いた。ばん、と低い音が仏間に響いたが、忙《せわ》しなく立ち働く大人たちは気にも留めなかった。彼女の怒りを、和馬ひとりが受け止めていた。

「なんで笑ってるん？」

従姉は本気で怒っていた。瞳孔《どうこう》が絞られ、握られた拳は白くなっていた。

「お父さんが殺されたのに、なんで笑ってられるん？」

和馬は何も答えられなかった。父が亡くなって六年が経っても、笑うことすら許されない。驚きで固まった和馬を見る従姉の眼には、はっきりと軽蔑《けいべつ》が浮かんでいた。

「信じられへん」

従姉はみずから話しかけておきながら、和馬に疎ましげな視線を向けてどこかへ行ってしまった。和馬は表情を失っていた。

被害者の遺族は、笑うことすら許されない。いつも悲しんでいなければならない。ひとときも故人のことを忘れず、自分の人生を生きてはいけない。それを、父は望んでいるのだろうか。

すっと心の底が冷えていくような感覚があった。これから先、笑おうとするたびに従姉の言葉が脳裏をよぎるだろう。楽しい、と感じるたびに罪悪感を覚えるだろう。なぜなら自分は、被害者の遺族なのだから。

遺影の父は真顔だった。父の笑顔を、和馬はもう思い出すことができなかった。

従姉は大阪の大学に進学したはずだが、それ以後のことは知らない。


事件の記憶は日に日に薄れていった。それでいい、と和馬は思っていた。覚えていてもつらいだけだ。

ただ、強くならなければならない、という使命感だけは増していた。強くなければ居場所はない。強くなければ生きてはいけない。あらゆる悪意と誤解を跳ね返す強さが、和馬には必要だった。

全寮制の高校では稽古の密度がいっそう増し、剣道以外のことに向けるエネルギーはほとんど残らなかった。稽古の後にコーヒーのような色の尿が出るのも日常茶飯事だった。足を強く踏みこむ剣道では、よく運動性の血尿が出る。

一気に実力が伸びたと感じたのは、高校二年の終わりだ。剣道家の実力は鍛錬と比例して直線状に伸びるのではなく階段状に伸びるのだとはよく言われてきたが、その年の春休み前後で和馬の勝率は急に跳ね上がった。ある時期から突然、対峙する相手の竹刀が遅く見えるようになった。ゆっくり動く相手を打つのは容易だった。

春のインターハイ個人県予選で和馬が優勝を飾ることを予想していた関係者は、本番まではほとんどいなかった。まぐれだと陰口を叩かれたのも一度だけではなかったが、和馬は気にしなかった。陰口を叩いている選手の竹刀も、やはり遅かったからだ。

八月の本戦でも、全国的にはまだ無名だったこともあり、他の出場者からのマークは薄かった。九州の有力選手を撃破し、その年に優勝した選手と接戦を演じたことで、和馬の名は一躍知れ渡った。地元のテレビ局が高校まで取材に来た。

——これでやっと、認められる。

和馬は初めて達成感を知った。成績を残したことで、周囲の見る目は明らかに変わった。剣道部の部員たちが、他校の生徒たちが、教師たちが、和馬の実力を認めたのだ。ようやくつかみ取った、自分だけの居場所だった。

しかし安堵《あんど》は長く続かなかった。

今度は手に入れた〈強者〉という立場を失うのが怖くなった。一試合負けるごとに、立っている場所が削られていくような恐怖に襲われた。誰かの視線に追い立てられるように、和馬の鍛錬はいっそう強度を増した。

高校卒業後、和馬は寮から実家に戻った。関東や関西の大学からも推薦の誘いを受けたが、インターハイの前から声をかけてくれていた県内の体育大学を選んだ。高校時代に鎬《しのぎ》を削っていたライバルたちが仲間になり、それまでよりも剣道が楽しくなった。稽古をすればするほど強くなり、ますます剣道にのめりこんだ。

同じ小学校の友達とは疎遠になったが、道場が同じだった楓とは連絡を取っていた。彼女もインターハイ本戦を目指していたが、団体で県三位に終わり、個人ではもっと早く負けた。楓は推薦を使わず、一般入試で名古屋《なごや》の大学に入っていた。

和馬が大学に入学した直後の五月、帰省した楓と地元の飲み屋で会った。定食屋と居酒屋の中間のような店で、二人ともなじみだった。

先にカウンターで待っていた和馬は、ベージュのブラウスに膝丈の黒いスカートを穿いて現れた楓にどきりとした。栗色に染めた髪にはゆるくウェーブがかかっている。楓の大学の剣道部ではカラーリングやパーマを禁止していないらしい。

隣の席につくと、世間話もそこそこに楓は切り出した。

「彼氏、できそうなんだよね」

弾むような口調に、楓のほうから好きになった相手なんだ、と察した。

「剣道部の先輩とか？」

「学部の同級生」

つきだしの筑前煮をつまみながら楓は言う。

「自覚はあったんだけどさ、がっちり系よりも華奢《きゃしゃ》な体型のほうが好きなんだよね」

和馬はさほど上背があるわけではないが、胸板の厚さや上腕の太さは、とても華奢な体型には見えない。

楓から異性の話を聞いたことがないわけではない。ただしそれはいつも楓の一方的な憧れであって、恋人になるというレベルではなかった。なんとなく息苦しい感じがした。

「お父さんも細いもんな」

「なに？　娘は父親似の男を好きになりがちって言いたいの？　それ言うなら、そっちも母親似の女に惚《ほ》れるかもね。和馬マザコンだし」

腹が立たないのは、言ったのが楓だからだ。他の誰かなら多少は苛立ったかもしれない。

「和馬は彼女できないの。まだ入学したばっかりだし、いないか」

「そのうち」

楓とどうにかなろうなんて思っていたわけではない。異性として意識するには、付き合いが長すぎた。いろいろなことを知らなければ、すんなり楓のことを好きになっていたかもしれない。今さら恋愛の対象にするのはルール違反のような気がした。

しばらく道場の仲間たちの近況などを話した。大半が大学に進んでいた。剣道を続けている仲間も、やめた仲間もいた。会話が途切れたとき、ふいに楓が漏らした。

「警察受けないかも」

何のことかと思えば就職の話だった。大学二年で就職を意識するのは早すぎるように思えたが、楓いわく、早い人は一年生から動いているらしい。

「剣道やるにしたって、警察だけが剣道続ける道ってわけじゃないしさ。実業団とかもあるでしょ。うちの父親も普通の会社員だし」

「特練はいいのか」

「いいも何も、無理だよ」

楓は自分をあざ笑うように口の端を持ち上げた。かつての熱量はなく、炎は燃えつきて冷えきっていた。あの当時、楓が憧れていた特練の選手はすでに現役を退いている。

「高校のときに何回も稽古行かせてもらったけど、無理。あれは剣道で生きていこうって人が選ぶ道だよ。あたしにそんな資格はない」

資格はない、という言い方にずるさを感じた。自分の意思で特練への道に背を向けようとしているのに、まるで相手から拒まれているかのような言い草だった。おのずと険のある声が出る。

「剣道で生きていくつもりじゃなかったの」

「子どものころはね。でも過大評価だった」

気が済んだのか、楓はもう進路の話をしなかった。しかし和馬の心は、特練に入る

という未来を捉えていた。

京都府警へ入ることを決めたのは大学四年、春の東海学生選手権でだった。

和馬は前年の優勝者として大会に挑み、無事に二年連続での優勝を果たした。決勝では延長までもつれたが、終わってみれば危ない場面はなかった。

大学では、強くなる選手と伸び悩む選手の差がはっきりと出る。それまで無名だったが、鍛錬を積んで大学で開花する選手もいる。高校で実績を残したものの、新しい環境になじめず剣道をやめてしまう選手もいる。

高校よりも自主性を求められる大学では、意識の高さが求められる。和馬にしてみれば、大学で芽の出なかった選手はいずれつぶれる。伸び盛りの時期に結果を出せなかった者は、強者としての資格がない。弱い人間は、本気で強くなりたいと思っていないだけだ。

その点、和馬には剣道で生きていく人間としての資質がある。強くなることを目指

して、実際に結果を残し続けてきた。

面と甲手を抱えて会場から出ようとしたとき、背後から声をかけられた。

「和馬」

灰色のスーツを着た男が立っていた。衣服の上からでも、胸板の厚さや上腕の太さが見て取れる。反射的に背筋を正した。指先が太ももの横でぴんと伸びる。

「お久しぶりです、榊さん」

「ようわかったな」

榊とは七回忌以来、会っていない。目尻や口元の皺からは過ぎた年月が感じられたが、視線の鋭さや身のこなしの軽さは変わっていない。廊下に出て、空いていたベンチに並んで腰をおろした。選手や応援の学生が目の前を通りすぎる。

「今日は観戦ですか」

「スカウトや」和馬の目を見てにやりと笑う。

榊は特練の監督に就任していた。現役引退後はコーチを務めていたが、ここ数年は県北の警察署に勤務していたため、いったん任を解かれたらしい。そしてこの年から監督として指導へ復帰することになったという。

「最近の京都府警の成績、知ってるか」

和馬はすでに、警察官となって特練に入ることを決めていたが、どこに入るかは迷っていた。警察大会の結果は毎年チェックしているが、京都府警はこの一、二年、芳しい結果を残せていない。榊は訥々《とつとつ》と話す。

「俺が離れてた間に悪くなった。ある程度は血を入れ替えなあかん」

和馬は答える代わりに黙っていた。

かつてに比べれば、確かに最近は成績を残せていない。警視庁や大阪府警といった一部の上位チームには水をあけられている。個人では若手の村井選手が気を吐いているが、団体では今ひとつ精彩を欠く。

「有望選手を引っ張ってくるんも俺の仕事や。しかもお前はここからもっと強くなる」

有望、という言葉が耳に残った。誰に褒められてもたいした感動を覚えなくなっていたが、榊に褒められると背筋をなぞられるようなくすぐったさを感じる。

誘いは愛知県警からも来ていた。県警の道場へ出稽古に行くたび、特練監督から卒業後の進路として考えてほしいと言われていた。母のもとを離れるのは不安だったが、榊の顔を見れば、京都府警という選択肢を無視することができなくなった。

「わざわざ愛知まで来ることなんかめったにないんやで。それをこうして足を運んだんは何のためやと思う。お前の剣道をじかに見るためや。意識させたくないから、終わるまでは見に来てることも黙ってた。去年の優勝者は違うな。負ける気せんかったやろ」

その問いには答えなかった。ここで調子に乗ったことを言えば、榊を失望させてしまうかもしれない。本当に和馬をスカウトするために来ているのなら、言動には注意しなければいけない。すでに和馬は、榊を監督として意識していた。

「実は府警を受けることも考えていました」

「そうか、そうか。なら、決まりやな」

「でも、あの事件のことが」

機嫌よく話していた榊が口をつぐんだ。ふたりの間であの事件と言えば、父が亡くなった立てこもり事件以外にない。通行人の気配が意識から消える。

「もしも浅寄准吾の家族が今も府内に住んでいて、もしもそのことを知ってしまったら、冷静でいられる自信がありません」

和馬は台本を読むように、淡々と語る。榊は身じろぎもせずに聞いていた。

「父は浅寄に撃たれて亡くなりました。それなのに、なんで家族は生きてるんだ、と思います。のうのうと生きているところを想像すると、殺してやりたくなります。目の前にいたら、本当にそうしているかもしれません。そんな感情を背負ってまで府警に入る覚悟があるか、わからないんです」

和馬が浅寄の妻や息子と会うことはまずないだろう。それでも、もし顔を合わせたらきっと平常心ではいられない。忌まわしい記憶のある土地へ戻るには、勇気が必要だった。

隣に座る榊が、小学四年生の夏に見た榊と重なった。愛知へ引っ越す直前、官舎の外廊下で見たのと同じ悲しみが浮かんでいる。榊の唇が動いた。

「辰野さんは……」

そこまで口走ってから榊はぎゅっと口を閉じ、同時に瞼を下ろした。もみあげには白髪が交じっている。

「京都に戻って来るかどうかは、自分で決めろ」

そう言って、瞼を上げた。あの、と和馬が口にしたのが合図であったかのように、榊は膝に両手をついて立ち上がった。

「うちの特練に入る気になったら、連絡してこい」

榊は懐の名刺入れから一枚抜き取り、和馬に差し出した。どうしていいかわからないままおずおずと名刺を受け取り、軽く頭を下げた。学生の身分では代わりに渡すべき名刺はない。

もう、榊は何も言わなかった。別れの挨拶もなく踵を返し、大股に廊下を歩み去って行く。その後ろ姿がまたしても官舎の外廊下と重なる。和馬は手のなかの名刺を見つめた。実質的な京都府警への切符。ため息が漏れた。

――行くしかない。

これから何日間悩もうが、きっと京都府警に行くことを選ぶだろう。そこには今も父が眠っている。父の面影を追い続ける限り、他の選択肢はない。和馬にはまだ解決できていない問題があった。父はなぜ自分の命を懸けてまで、浅寄の息子を助けようとしたのか。その問いへの答えを探すためにも、京都に戻らなければならない。

ここで勝負に出なければ、一生父の死を乗り越えられないという予感があった。かつて、楓に言われた言葉がよぎる。

――勝負に二度目はない。

和馬は静かにベンチから立ち去った。試合場までの距離が、二度とたどりつけないほど遠く感じられる。

京都に戻る。それは、あの事件と対峙することを意味していた。

三

真新しい一戸建てが並ぶ住宅街に、母と祖母が住む家はある。

和馬が愛知に転居してきたころは古い家ばかりだったが、この数年で建て替えが進み、住民の顔ぶれも少しずつ変わっている。戻ってくるたび、記憶にある風景と現実にある風景の差が広がっていた。

門扉の前に立ち、改めて家を見た。白かった壁には雨垂れの跡があり、窓枠や柵には錆《さび》が浮いている。リフォームをしてから二十年近く経っていた。

八分音符のイラストが描かれた呼び鈴を押すと、母が顔をのぞかせた。

「もう来たんだ」

そっけない口ぶりとは裏腹に、母はどこか安堵した顔で和馬を迎え入れた。母は今でも、息子が警察官になったことを受け入れられないのかもしれない。とりわけ、京都府警に入ることを母は最後まで反対していた。

ダイニングに足を踏み入れると、テレビを見ていた祖母が和馬の顔を見て相好を崩した。思わず和馬の口元も緩む。

「ただいま」

母が電話口で言っていた。

――死んだら会えない。

死ぬのは祖母が先とは限らない。和馬は機動隊員である以上、危険な現場に出ることもある。父と同じ目に遭わない保証はない。

その夜は家族で夕食を囲んだ。食卓には祖母が用意したちらし寿司《ずし》や、母が作ったから揚げが並んだ。小学生のころからの好物ばかりだった。

祖母は床につくため、早々にダイニングを離れた。酒が飲めない母は緑茶をすすっていた。和馬はビールを飲んでいたが、この日に限ってはまったく酔えなかった。

テレビの電源を消すと、庭木が風に吹かれる音が聞こえてきた。住宅街のどこかで犬が吠《ほ》える声が重なる。和馬はぬるくなったビールを口にふくんだ。

遠くから救急車のサイレンが聞こえた。撃たれた父の姿が、和馬の脳裏に否応《いやおう》なく映し出される。胸から赤黒い血を流す、青白い肌の男。彼は機動隊の制服を着ている。それは和馬が着ているのと同じ京都府警の制服だ。

「浅寄の息子のことだけど」

母は動揺を隠すように、音を立てて茶をすすった。

「顔が浅寄にそっくりだった。来月の全日本予選、出るらしい」

空気が重くねっとりとしている。泥のなかにいるようだった。新茶の香りの爽《さわ》やかさが場違いに感じられる。

ぼそぼそと母が何か口にした。え、と和馬が問うと、今度は少しだけ強く言った。

「思い出させないで」

語尾が震えていた。

「あのときのことは二度と思い出したくない」

声のか細さとは裏腹に、断固とした拒絶がこめられていた。和馬の胸に引っかかれるような痛みが走る。拒む母に無理強いしてまで、聞き出さなければならないことなどあるのだろうか。

和馬はずっと、母が息子のことを心配して事件の話をしてこなかったのだと思っていた。しかし母自身もまた、封印した過去をひもとくことを恐れている。事件の記憶は長い時間をかけ、さまざまな他の記憶で上塗りされている。その表層だけを眺めて過ごしたい、という母の気持ちはわかった。

「……俺には、思い出すこともできない」

それでも、和馬は母の拒絶を無視した。封印すべき過去すらない和馬は、たとえ望むものでなかったとしても、母と同じ記憶を共有したかった。

「そろそろ、はっきりさせてくれよ」

柴田の発言がはったりでなければ、和馬が全日本予選で倉内岳と戦う可能性は高い。その前に過去を整理しておきたかった。母が当時、何をしようとしていたのか。今の和馬には心当たりがあった。

「事件の後、京都府警を訴えようとしてただろ」

母は両手で湯呑みを包んでいた。立ち上っては消えていく湯気を見つめながら、母はうなずいた。

中学生のころには見当もつかなかったが、成長するにつれ、母の京都府警に対する微妙な感情が察知できるようになった。裁判を起こそうとしていた相手が、浅寄やその家族でないとすれば、京都府警しかない。大学を卒業するころには薄々気づいていた。

「突入のタイミングを見誤ったから？」

「違う」誰かを責めるように、母は言った。

「あの人には機動隊員としての資格はなかった」

資格、という言葉を久しぶりに聞いた気がした。

「……どうして」

「警察は事件の前に、あの人を機動隊から外すべきだった。そうすれば出動もしなかったし、死ぬこともなかった。適切でない人間を出動させたせいで、あの人が犠牲になった」

話が見えなかった。機動隊員であることを誇りに思っていた父に、その資格がなかったというのは父への冒瀆《ぼうとく》にさえ思える。和馬はそれを口に出さず、説明を待った。

母は額に手を当て、天井を仰いだ。

「網膜剥離《はくり》があったの。事件の一年前から」

思いがけない方向から飛んできた石が、和馬のこめかみに直撃した。

機動隊に、職務中の事故によって網膜剥離を起こした知人がいた。彼は飛蚊症と視力の低下に悩まされ、病が顕在化してすぐに機動隊から外された。今は手術で症状も落ち着いているが、機動隊に戻ることは二度とないだろう。

七回忌の法要で、榊が「ゃめ」と言っていたことを思い出す。

「網膜剝離？　なんで。事故か。もともと、そういう体質だったのか」

母は返事をしない。和馬は質問の切り口を変えることにした。

「警察はそのこと、知ってたのか」

「上司は知らなかったと思う。隠してたから。あの人、機動隊を離れるくらいなら病気のことを隠し続けることを選ぶって言ってた」

遺影に写っていた父の真顔が浮かぶ。真面目な人だった。機動隊の仕事に誇りもあったのだろう。そうでなければ、網膜剝離を隠してまで隊員の仕事を続けようとは思わない。

確か、あのころの父はよく目をこすっていた。

「だったら京都府警に責任はないだろ。隠してる病気まで把握するのは無理だ」

「機動隊に、ひとりだけそのことを知っている人がいた。でも、その人からは裁判での証言を断られた。だから断念したの」

「誰だよ、それ」

嫌な予感がした。和馬は腹に力をこめる。母は声を荒げず、淡々と言った。

「榊さん」

予感した通りだった。

「監督は知ってたのか」

警察内部にそのことを知っていた人間がいるとなれば、報告の義務を怠っていたのは父だけではないことになる。ふたたび、七回忌で榊と話した記憶がよみがえる。いずれ、わかる。そう言ったときの相手はどんな表情だったか。

「榊さんは最初、こっちの味方になってくれるはずだった。裁判でも、網膜剝離を知っていたと証言してくれるはずだった。それなのに、土壇場になってやっぱり証言はできないって言いだして」

榊が協力を拒否したことも、母が本気で府警を訴えようとしていたこともショックだった。

和馬にはまだ訊きたいことがあった。口を開きかけたが、母は音を立てて椅子を引いた。

「このくらいにして」

短い会話にもかかわらず、声は疲弊しきっていた。返事を待たずに席を立ち、雲の上を歩くような足取りでダイニングを出て行った。和馬は歯がゆさをこらえて母を見送る。ひとりきりになった部屋にはから揚げの残り香が漂っていた。見慣れた部屋に他人の家のようなよそよそしさを覚える。

和馬はサンダルをつっかけ、当てもなく外に出た。冷房を入れた部屋から野外に出ると、蒸し暑さに嫌気がさした。買い物袋を提げた女性や、ランニングをしている男とすれ違った。何の変哲もない夜だった。

ポケットから携帯を取り出し、楓にかけてみる。「はいはい」と楓は出た。

「今日、実家帰ってきてるんだけど」

「ほんとに？　早く言ってよ」

「今から外出られるか」

楓は出先から帰宅中だった。十五分後に駅前のコンビニで落ち合った。居酒屋に行きたい気分ではなかったが、酒は飲みたい。コンビニで缶ビールを買って、近所の児童公園に移動した。幸い先客はいなかった。

「連絡するならもうちょっと前にしてよ」

楓は夕食代わりのフライドチキンをかじりながら言った。脂とスパイスの入り混じった香りが漂ってくる。仕事の話をしようとするのを、和馬は遮った。

「うちの父親、眼が悪かったらしい」

横目で反応をうかがう。楓は首をかしげて、続きを促していた。

「だから機動隊を続けるべきじゃなかった。機動隊の人もそのことを知っていたのに、やめさせなかった。機動隊員じゃなければ、死ななかった」

話しながら、和馬は今さら泣きそうになっていた。母の話を聞いている最中は涙などひと粒もこぼれなかったのに、楓に話していると嗚咽が漏れそうだった。泣くのを我慢している表情を見られるのが嫌で、和馬は顔をそむけた。錆だらけの小さなジャングルジムに向かって話し続けた。

「仮定の話ばっかりだよ。こうだったら、こうじゃなかったらって、そんなこと話して何になるんだよ。生き返らねえよ。機動隊の仕事を全うしたんだから、それでいいだろ。今さらそんなこと聞いたら、悔しくなるだけだ」

「でも、事実を知りたかったんでしょ」

楓の声がやわらかく響いた。視線を下ろすと、フライドチキンは食べかけのまま彼女の手のなかにあった。

「事実を知るって、そういうことじゃないの」

そのひと言が和馬の涙腺《るいせん》をしぼった。鼻をこするふりをして、目の縁から流れる涙を拭った。あふれる悔しさが涙に変わり、拭っても拭っても追いつかなかった。

帰宅したら、母ともう一度向き合ってみるつもりだった。あの当時のことを、もっと聞いてみたい。母は拒絶するかもしれない。隠すかもしれないし、嘘をつくかもしれない。それでも、知っておくべきだと思った。

夜の公園は少しだけ優しかった。

無人の剣道場には異質な空気が満ちている。試合で相手と対峙するときとは違う、立ち入る者の一挙手一投足が問われるような緊張感。

制服の靴下を脱ぎ、裸足で床板を踏む。みしり、と足の下で板がきしんだ。道場に入るときは裸足にならなければいけない、というのは和馬が小学一年生から教えられてきたことだった。

誰かが自主練をしているかもしれないと思ったが、心配いらなかった。午前中のこの時間帯、ほとんどの特練生は非番か、機動隊の訓練に励んでいる。当番日明けの和馬は、今日の訓練に出席する必要はない。

和馬が道場に到着してから間を置かず、榊もやって来た。薄いブルーの夏服を着用している。きびきびとした動作で、迷いなく和馬のほうへ歩いてきた。道場の中央付近でふたりは立ったまま向き合う。

「お疲れ様です」

「なんや、いきなり」

昨日、榊を道場に呼び出した。榊は呼ばれた理由を察しているのかもしれないが、訓練の賜物《たまもの》か、いつもと変わった言動は見せない。

「父のことです」

「お前、まだあの事件にこだわってんのか」

話を逸らそうという意図が感じられた。和馬はかまわず本題を投げつける。

「父が網膜剥離だったことを、監督はご存じだったんですね」

榊の白けたような表情が一変した。顔に赤みがさし、目が見開かれる。

「千冬さんか」

和馬は榊の反応を注視しながら言った。

「母は監督の証言を頼りに、府警を訴えるつもりだった。でも、監督は直前になってやっぱり無理だと告げた。そうですね」

榊は何かを思い出そうとするような顔つきで道場を見まわす。空《くう》をじっと見つめたまま、無表情で「ああ」とうめくように肯定した。

「父の眼のことを知っていたのは、母と監督だけですね」

「少なくとも、府警のなかでは俺だけやった」

母は引っ越しの準備をしている最中、官舎を訪れた榊からこう切り出されたという。

——止めることができず、申し訳ございませんでした。

榊は無理にでも父を機動隊から外すべきだったと悔やみ、母に何度も頭を下げたという。

「……網膜剝離が起こったのは病気のせいじゃなくて、事故なんですよね」
今度は榊の顔から血の気が引いた。
――あの人の眼がおかしくなったのは、榊さんのせい。
母は恨めしそうに言っていた。後ろめたさがあるからこそ、裁判で榊に証言しても
らおうと考えたらしい。父が眼のことを隠していたにもかかわらず、榊だけがそれを
知っていたのは、事故を起こした張本人だったからだ。
「かすった程度やったんや」
珍しく、榊の声は上ずっていた。
「剣道形の練習中だったそうですね」
和馬が母から聞いた話はこうだった。事件の一年前、父は昇段審査に向けて榊に剣
道形の練習相手を頼んだ。知り合いに府内のトップ選手がいれば、指導を受けたいと
思うのは自然なことだ。
木刀を使って形の練習をしている最中だった。一本目、先に攻撃を仕掛ける打太刀《うちたち》
の榊は、父の脳天に木刀を振り下ろした。そのとき、誰かが突然榊を呼んだ。手元の
狂った榊は木刀をいつもより深く下ろしてしまった。結果、切先が父の右瞼に当たり、
網膜剝離が起こった。
十分にあり得ることだ。和馬はこの数日で、付け焼き刃ながら網膜剝離について勉

強してきた。加齢や糖尿病が原因になるほか、ボクシングなどの競技で眼球に打撲を受けて発症することがある。振り下ろされた木刀が当たれば、同じことが起こりうる。

「痛くもかゆくもないって言うてたから、そのときはたいしたことないと思ってた。辰野さんも普通にしてたしな。でもしばらくしたらいろいろ支障が出はじめたらしい。俺がそれを知ったんは半年くらいしてからやった」

網膜には痛覚がないため痛みは感じない。自覚のないまま損傷が進んでしまうのがこの症状の特徴だった。

「いろいろとは」

「飛蚊症があって、しばらくしてから視力が落ちてきたらしい」

典型的な症状だった。単なる低視力なら、眼鏡やコンタクトレンズで矯正すればいい。しかし網膜剝離は急激な視力低下を伴う場合がある。そんな爆弾を抱えた人間を機動隊の第一線に立たせるのは、組織にとってもリスクを伴うはずだ。

「監督が事件のあった年に特練を引退したのは、ただの偶然ですか。それとも、罪悪感のせいですか」

答えはない。それが答えだった。

「父に、機動隊を抜けるよう勧めなかったんですか」

「勧めたわ」榊は赤い顔で唾を飛ばした。

「そんな人間が無理して隊におっても足手まといやろ。だから何回も説得した。でも、辰野さんのほうが絶対に嫌やって言い張ったんや。動けなくなるまでは機動隊員でいさせてくれって。そう言われたら、そうするしかないやろ」

「無視するべきだったんです。本人の気持ちより優先するものがあるでしょう!」

怒声に煽《あお》られて、和馬の神経もたかぶっていた。榊はふたたび何か言おうとしたが、うまく言葉にならなかったのか、口を閉じた。窓から入る午前中の日は強く、陰影がはっきりとしている。いびつに切り取られた樹の影が人の形に見えた。

やがて、榊が力なく言った。

「結果論やろ」

あまりの虚《むな》しさに、和馬はうつむいた。おそろしく手遅れだった。十五年越しで知った事実を前に、できることは何もなかった。

「言い訳やと思ってくれてかまわんけど」

榊は落ち着きを取り戻していた。道場の空気に話しかけるようにつぶやく。

「裁判の証言に立たんかったんは、保身のためだけとちゃう。全部正直に話せば、辰野さんまで恥をさらすことになる。眼のケガを隠していたことがわかったら、なんて言われると思う。警察叩くんが好きな連中なんて、世の中に腐るほどおるんやで」

ネット掲示板で見た数々の悪意ある書きこみを思い出す。榊の言う通り、撃たれた機動隊員が網膜剝離を負っていたことが明らかになれば、何を言われるかわからない。これ以上、父の名誉を傷つけられることには耐えられそうにない。

それでも榊を受け入れることはできなかった。榊は、父の死を回避できたのにそうしなかった。母から依頼された、裁判での証言を断った。結果論だろうが他に理由があろうが、その事実は変わらない。

榊は和馬にとってヒーローだった。京都で一番強い男だった。父が榊の知り合いであることも、自分が榊から指導を受けたことも、誇らしかった。だからこそ虚しい。

悔しさをこらえて、下唇を強く嚙んだ。犬歯が唇を裂き、鉄の味が口のなかに広がっても、顎の力を弱めなかった。瞬きを忘れた両目がひりひりと痛む。

「私は監督を一生許しません」

和馬は深々と頭を下げ、榊の横をすり抜けて剣道場を後にした。そのまま振り返らず建屋を出る。榊は沈黙したままだった。

駐車場に出たところで長い吐息が漏れた。緊張の糸が一気にほどける。

どこからか風が吹き、和馬の短い髪が揺らいだ。撫でられたような感触が残る。短く大きく、一気に息を吸い、浅くゆっくりと吐きだした。肺に酸素が行き渡り、全身に血が巡る。

父はもういない。しかし、父に教わった呼吸法を実践するときだけは、その気配を感じることができた。

かつて憧れた榊は、今日消えた。元より、和馬が憧れていたのは榊ではなく、誰よりも強い男という偶像だった。無意識のうちに、父の代わりを求めていたに過ぎない。榊がまとっていたのは幻だと、ようやく気がついた。

――それなら、俺自身が幻になればいい。

自分の呼吸で弾みをつけて、和馬は歩き出した。道標《みちしるべ》はもう、必要なかった。


ぞろぞろと歩く人の列を眺めていた。亀岡駅から保津川《ほづがわ》のほとりまで、人があふれている。夜とはいえ、熱気は真昼と同じくらいに感じられる。浴衣《ゆかた》を着ている男女の姿も目立つ。屋台から流れてくるソースや砂糖の匂いが食欲をくすぐり、暗闇に光る白熱灯はやたらとまぶしい。

亀岡の花火大会は例年、八月上旬に行われる。今年は父の命日である八月八日だった。事件からちょうど十五年が経ったことになる。

雑踏警備は珍しくないが、この花火大会に駆り出されたのは初めてだった。近くでは村井も制服を着て警備に立っている。午前中の稽古で、和馬は村井の甲手をめった打ちにした。手元が上がる癖があるから、そこを集中して狙ったのだ。あまりにしつこかったせいか、村井は途中で和馬との稽古を打ち切ってしまった。

逆上するのは筋違いだ。一方的に打たれるのは、弱いからだ。村井は和馬より弱い、という事実があるだけだ。もはや、和馬は特練でも負ける気がしなかった。府内で和馬の敵になる選手は見当たらない。

そんな選手がいるとすれば、実力が読めない倉内岳くらいのものだ。七段の柴田が「強い」と言うくらいだから、下手ではないのだろう。それでも、特練にすら敵のいない和馬が負ける姿は想像できない。

定刻になると打ち上げがはじまった。空に光の華が咲くたび、どよめきや歓声があがる。酒の勢いで野次を飛ばす者もいた。トイレの長い行列に並んでいる観客たちが、スマートフォンのカメラで花火を追っている。

ひとときの華やかさのため、花火師たちは念入りに準備を重ねる。長い準備期間の末に輝くのはほんの数秒。だが、その輝きは何物にも代えられない。誰もがそうやって生きているのだろう。輝くほんの一瞬のために、気が遠くなるほど退屈な毎日を送っている。和馬の人生で、その一瞬がいつ訪れるのか見当もつかない。警察大会で優勝すれば、全日本で優勝すれば、世界大会で優勝すれば、輝けたと思うことができるだろうか。

夜空を見上げる観客たちに紛れて、駅のほうへ向かう人影があった。視界にその姿が入ると同時に、和馬の足は動いていた。運送会社の制服をまとった大柄な男は、講習会で見た倉内岳に違いなかった。

「おい、待て」

乱暴な言葉遣いに、観客たちが一斉に和馬のほうを振り向いた。なかには露骨に迷惑そうな顔をする者もいる。和馬は顔を伏せ、倉内のほうへと歩いた。しかし人が多いせいで思うように進めない。キャップをかぶった後頭部が遠ざかっていく。焦って足を踏み出した拍子に浴衣の男と肩がぶつかった。「痛いんじゃ、ボケ」と背中に罵声を投げつけられたが、気にせず前を向く。

保津川から離れるにつれて人は少なくなっていく。倉内は通りから、通行人のいない枝道に入った。ここぞとばかりに駆け足で近づき、倉内の右肩を叩いた。筋肉のついた、鍛えあげられた肩だった。

「ちょっと、いいですか」

顔を向けた倉内は、和馬の顔を見て怪訝そうに眉をひそめた。暗闇のなかでこちらの顔が見えていないのかもしれない。警察官に呼び止められ、戸惑っているようだった。

「倉内さんですね」

「ああ、はい。まあ」

「京都府警の辰野です」

倉内は顔をしかめ、無言で後ずさった。距離が少し開く。

「全日本選手権に出るそうですね」

どうしても、言っておきたいことがあった。その言葉は倉内が剣道をしていると知ってから、ずっと胸にわだかまっていた。和馬は短く息を吸い、深く吐いた。

「あなたに竹刀を握る資格はない」

浅寄の息子が剣道をしていると知ったとき、神聖な場所を汚された気がした。そこは父との絆が残された唯一の場所だ。和馬がこもる砦《とりで》に、浅寄の影はいらない。たとえ浅寄本人でなくても、その面影を感じさせる存在は受け入れられない。

ポロシャツから伸びた、倉内の筋張った腕が震えていた。倉内は落ち着かなそうに視線を走らせ、ぼそりとつぶやいた。

「俺は、生きるために剣道をしているだけです」

その反応を和馬は鼻で笑った。要するに、自分だけのためということだ。

和馬は違う。いつも、剣道を通じて父と会話している。剣道をしていれば片時も父を忘れずに済む。父に代わって竹刀を握り、父に代わって試合に勝つ。ひとりきりで竹刀を握っている倉内に負けるはずがない。

「仕事中なんで」

倉内はキャップをかぶり直し、踵を返して枝道の奥へと駆け去った。和馬はそれを追わなかった。いずれ、全日本予選で会う。結論はそのときに出せばいい。

花火大会はまだ続いていた。京都の夜空に、破裂音が立て続けに響いている。

それは、長すぎた少年時代に終止符を打つ音だった。

第三章　陰の絆《きずな》

窓から熱帯夜が忍びこんでくる。外からは小雨の降る音が聞こえる。

岳は額に汗をかきながら、明日の試合に持ちこむ三本の竹刀にささくれやひびがないか、念入りに点検していた。それぞれの重さが五百十グラムを超えていることを確認し、竹刀袋に納める。

首にかけていたタオルで全身の汗を拭《ぬぐ》った。盛りは過ぎたものの、八月下旬になっても最高気温が三十度を超える夜がある。エアコンのない部屋では、室温の調節は扇風機に頼るしかない。

竹刀の手入れを終えた岳は、部屋の片隅に置いてある防具を順に手に取った。試合用の面や甲手《こて》は防具袋から出して、新聞紙の上で乾燥させていた。よく汗を拭《ふ》きとっておいたおかげか、防具は乾いている。

ハンガーに吊《つ》るしていた道着と袴《はかま》をたたみ、テーピングを補充し、手拭いや襷《たすき》を調えた。辰野和馬も今、同じように試合の支度をしているのだろうか。

三週間前、和馬と遭遇した。

そもそも、花火を見ようと思ったのは出来心からだった。

岳は亀岡に来てからの十年で、一度もあの花火大会に行ったことがなかった。舞鶴で母と見た花火の切なさを、二度と思い出したくなかったからだ。

その夜シフトに入っていた岳は、会場付近にある民家に荷物を届けることになった。花火大会当日だというのに夜の時間指定だった。雑踏のせいで、車ではとても家の近くまで行けない。荷物の数は多くなかったため、営業所から小包を持って徒歩で向かった。

配送を終えて帰る途中、最初の花火が打ち上がった。

十年ぶりに見る花火に、岳の視線は釘《くぎ》付けになった。気がつけば、夜空に光の向日葵《ひまわり》や紫陽花《あじさい》が咲き乱れては散っていく様子を、固唾《かたず》を呑《の》んで見守っていた。墨で塗りつぶしたような空に、黄白色の光が瞬くのを見ていると時が経つのを忘れた。

もっと近くで見たい、ととっさに思った。保津川へ続く道を、人混みをかき分けながら進む。ドライバーの制服を着ていることも忘れて、岳は何者かに呼ばれるように、花火へと近づいていた。

我に返ったとき、優に三十分は経過していた。仕事中であることを思い出し、人の流れと逆行する形で、来た道を引き返す。和馬に声をかけられたのは、配達先の民家のあたりまで戻ってきたときだった。

和馬は岳に竹刀を握る資格はないと断言したが、誰にもそんなことを言わせはしない。岳が生きるためには剣道が必要だった。竹刀を握る資格がないというのなら、岳には生きる資格がない。他人に生き死にを判断されるのはごめんだった。

道着の隣に吊るしてあるポロシャツが視界に入る。支給された制服は会社に返却したが、この一着だけは返し忘れてしまった。袖《そで》を通すことは二度とないだろう。

昨日限りで、十年勤めたサワノ運送を退職した。

今後のことなど決まっていない。ただ、京都を離れる時期が近づいているという予感があった。ここにいれば、いつまでも柴田たちの庇護《ひご》を期待してしまう。正社員採用の話も嬉《うれ》しかった。営業所長には引き留められたが、亀岡からいなくなる以上は働けない。

使う暇がなかったおかげで、貯金はないわけではない。働かなくても二、三か月は過ごせるだろう。これからについてはその間に考えるつもりだった。

昼間、柴田の家へ見舞いに行った。応接間に通され、差し向かいで茶を飲んだ。心筋梗塞《こうそく》で倒れた柴田はその後、心臓のバイパス手術を受けていた。入院前と比べて身体はひと回り小さくなっている。倒れてからというもの、急速に老けこんだ。

ひと月前に退院してから、一度も稽古《けいこ》には顔を出していない。植木は「いるだけでいいから」と何度か稽古に来るよう頼んだそうだが、もう剣道とかかわるつもりはないらしい。

「最後に岳の試合だけ見たら、剣道はすっぱりやめるわ」

長生きするため、好きだった酒も断ったという。

「息子が捕まったとき、死のうとしたけど死にきれんかった。どうせ助かった命なら、長生きさせなあかんと思ってな」

亀岡を去ることを告げると、柴田は「そうやな」と言った。

「そのほうが、ええんかもしれんな」

柴田は枯れ枝のような腕をさすった。背中が少し曲がっている。

このことは植木や優亜には告げていない。去りがたくなるなら、言わないほうがましだ。

明日の試合で、京都での生活は終幕を迎える。


雨は深夜のうちにあがり、頭上には一転、晴天が広がっていた。朝だというのに日差しの下は鉄板で炒《い》られるように暑い。今年の夏はずいぶん長く感じられる。

武道センターの周辺には選手や応援者が大勢いた。不機嫌そうな表情で煙草をふかす一群を尻目《しりめ》に、岳は本館二階の出入口から入った。座席に荷物を置いて、一階の試合場を見下ろす。眼下では剣連の担当者が試合準備のために立ち働いていた。

浅寄がアパートの二階から見た風景も、こんな感じだったのだろうか。人影が手のひらに収まりそうなほど小さく見える。

道着袴に着替えている最中も、続々と人が集まってくる。二階席は人であふれ、空気は湿度を増していた。岳は防具を抱えて階下へ降りた。

トーナメント表には確かに辰野和馬の名があった。別の山に振り分けられた和馬と試合をするには、互いに決勝まで進まなければならない。

軽く準備運動と素振りをこなし、静かに試合を待つことにした。

開会式が終わればしばらく出番はない。二階席で観戦していると、挨拶《あいさつ》もなく、隣の席に誰かが腰をおろした。

「探したわ」

優亜は私服だった。今日も化粧をしている。オフショルダーのブラウスからのぞいた肩の白さがまぶしい。部活の合宿や遠征で、ここしばらく、優亜は亀岡剣正会の稽古を休みがちだった。まともに会話するのは久しぶりだ。

「優亜も来てたんやな」

「岳さんが試合出るん、最初で最後かもしれへんし」

「植木さんは？」

「おらんよ。店に残ってる。柴田さんは後から来るって」

ひとりで来たらしい。優亜は岳と並んで、一階の試合場に視線を落としていた。

「あたし、女子剣道部のキャプテンに選ばれてん」

「へえ。すごいやん。頑張れよ」

「頑張る。だから来年の国体予選は、見に来てくれるやんな？　新人戦も総体予選も、来てくれるやんな？　頑張るから」

ぐっと胸を押されるような苦しさを感じた。この場限りでごまかすことは簡単だが、いつか必ずばれる嘘をつくには、不器用すぎた。

「……これが終わったら、どこか違うところに行こうと思ってるんや」

自分でも意外なほどすんなりと言えた。声のトーンだけは明るいが、優亜の顔は見られなかった。そうなん、という優亜の声は力を失っていた。

「どこに行くん」

「決めてへん」

「いつ決めるん」

「それもわからん」

「じゃあ、亀岡にいたらええやん」

突然の強い口調に、前の席に座っていた数人が振り向いた。優亜は小さい声で「すみません」と言い、岳を横目でにらんだ。

「勘違いせんといてな。岳さんのこと男として好きとかちゃうから」

「わかってる」

「剣道はじめたときから岳さんはずっと近くにいたから。急にいなくなったら落ち着かんっていうか、変な感じやねん。柴田さんも剣道やめて、岳さんもいなくなったら、どうしたらええん。キャプテンもやらなあかんのに。そんな、いきなりいろいろ変わるなんてずるいやんか」

優亜の声はまた大きくなっている。岳の口がひとりでに動いていた。

「人生が変わるんは、いつもいきなりや」

ある一日、ある一瞬を境に、世界はがらりと変化する。生きていた人間が死に、本人の意思とは無関係に、加害者家族とか被害者家族というレッテルが貼られる。レッテルを貼られた側は、それでも一変した世界のなかで生き続けなければならない。

「やっと、岳さんと話せるようになったのに」

とうとう優亜は涙声になった。前の席の観客がまた振り返ったが、もう彼女の視界には入っていないだろう。岳には、優亜にかけるべき言葉が見つからなかった。慰める立場にないことだけは確かだった。もしかしたら彼女は、〈殺人犯の息子〉としての岳を正面から受け入れてくれた、初めての他者かもしれなかった。嚙《か》み合っていないことは承知しているが、それでも言わずにはいられなかった。

「ごめん」

優亜は答える代わりに洟《はな》をすすった。場内には打ち合わされる竹刀の音と、気合いの入った声がこだましている。岳は瞼《まぶた》を閉じて、あらゆる音に耳を澄ませた。かすかに、和馬の息遣いが聞こえたような気がした。

昼前から〈段位無制限の部〉がはじまった。

全日本予選を兼ねた〈段位無制限の部〉は、他の試合とは別物だった。打突の音や、踏みこむ音の強度が違う。技を繰り出す速さや巧みさ、駆け引き、持久力、どの点をとってもレベルは段違いに高い。

京都での生活の最後を飾るにあたって、最もふさわしい舞台だった。

目標は、負けるまで勝ち続けること。

岳の目的は強さを誇示することでも、ましてや京都代表になることでもない。自分の可能性を試すことができればよかった。結果がどうであれ、悔いはない。

緒戦の相手は刑務官だった。どれほど強いのか、どんな剣道をするのか、わからないまま竹刀を構える。この一戦で最後になるかもしれない。いやが上にも緊張感が高まる。全身の細胞が覚醒《かくせい》し、力が流れこんでくる。

「はじめ」

主審が告げると同時に、相手が打突に出る気配を感じて先手を取った。中段から剣先で相手の竹刀を制し、捨て身で飛びこむ。のけぞった相手の驚く表情が面金《めんがね》越しに見えた。

次の一瞬には岳の竹刀が面を捉《とら》えた。

「面あり」

主審とふたりの副審が岳に旗を上げた。開始から五秒と経っていない。三本勝負の剣道では、二本を取ればその時点で勝ちになる。相手の焦りが透けて見えた。開始線に戻ると、すぐに主審が再開を宣告した。

「二本目」

岳は無造作に間合いを詰めた。相手は後退して遠ざかろうとするが、岳はかまわず大股《おおまた》で接近する。打たれるという恐怖のせいか、相手の手元が上がった。岳は針で刺すような鋭さで、甲手をしたたかに打った。

「甲手あり」

周囲からどよめきが聞こえた。ひと振りもできずに試合を終えた刑務官は、がっくりとうなだれる。岳の緒戦は三十秒とかからなかった。

——こんなもんか。

竹刀を納めながら、岳は肩透かしを食ったような気分を味わっていた。出場するのは全日本を目指す選手たちだ。一試合で終わることも覚悟していたが、実に呆気《あっけ》ない緒戦だった。特別なことはしていない。いつもの稽古と同じように立ち合っただけだ。

試合前と比べて、すれ違う選手の岳を見る目つきが変わっていた。面紐《ひも》を解《ど》いているときに「誰や、あいつ」と噂する声を聞いた。倉内岳という選手の存在感が、急速に場内で増していくのを感じる。

――もしかしたら、上のほうまでいけるかもしれん。

二階席には優亜と、会場に到着したばかりの柴田がいた。面甲手を外してそちらを見ると、柴田はすでに別の試合場へ視線を移していた。掲示板には和馬の名札が貼られている。まさに試合がはじまるところだった。岳は腕を組み、離れた場所から観戦することにした。声は聞こえないが、動きはよく見える。

和馬はその出で《い》立ちからして、他の選手とは格が違った。均整の取れた身体に、爪の先まで神経が通っているかのような繊細な挙動。年代物と思《おぼ》しき朱色の漆で塗られた胴は、飛び散った血を連想させた。

蹲踞《そんきょ》から立ち上がった和馬はふっと前に出た。

その一瞬後、相手は喉元《のどもと》を突かれた。槍《やり》で突き刺すような、強烈な諸手《もろて》突《づ》き。岳の喉から思わずうめき声が漏れた。和馬は繰り出した竹刀を戻し、涼しい顔で構えなおした。旗は和馬に上がっている。相手が咳《せ》きこんでいるのが見えた。

再開後、ふたたび和馬は間合いを詰めた。とっさに相手は突きを警戒したが、剣先が喉元に突き刺さるのが先だった。再度の諸手突き。打突部位を正確に捉えている以上、文句のつけようがない。

「突きの二本勝ちかよ」岳のそばで試合を見ていた誰かが、呆《あき》れたように言った。

和馬も相手にひと振りもさせずに試合を終えた。岳が胸の前で組んだ腕を見ると、肌が粟立《あわだ》っている。真夏だというのに寒気を覚えた。

——あいつの剣道は異常や。

和馬は勝つためというより、相手の心を折るために試合をしているようだった。突きは攻めの難易度が高く、一本にするのが難しい上、外せば隙だらけになる。よほどの実力差がないと、二本立て続けに決めることなどできない。惨敗を喫した相手の落胆は想像するにあまりある。

血のような胴の赤さが、瞼の裏に残った。


甲手を打つ直前、一本になると直感した。素早く残心を取ると、さっと旗が上がる。村井という警察官は、不調をアピールするかのように首をひねってみせた。

「勝負あり」

準決勝は延長にもつれこんだ。守りの固い村井の出甲手を打つことができたのは、身体がひとりでに動いてくれたおかげだ。

試合を重ねるごとに、新しい扉を開くように感覚が冴《さ》えてくる。試合場を出ると、柴田が近づいてきた。選手は背中の胴紐に紅白の襷《たすき》を結びつけることになっている。その襷を紅から白に付け替えるためだった。

先に準決勝を終えた和馬は、飄々《ひょうひょう》とした風情でたたずんでいる。すでに決勝の準備は整っていた。三人の審判が、岳の準備を見守っている。紅の襷は和馬、白の襷は岳。

背後で襷を結びながら、柴田が言った。

「向こうは約束を守ってくれたな」

何のことかわからず振り向くが、柴田は説明をしてくれなかった。襷を結び終えた柴田に背中を叩《たた》かれる。

「あとは、お前たちで好きなようにやれ」

他の試合はすべて終わり、段位無制限の部の決勝だけが残されていた。会場を支配するのは、期待とざわめきだった。どちらが勝っても初優勝。岳は視線をひきつけるように、ゆっくりとした歩みで進んだ。すでに開き直っている。試合場をはさんで和馬と対峙《たいじ》する。血の色の防具がてらてらと光っていた。

竹刀を提げた和馬が、あの日の機動隊員と重なった。

銃弾を受け、胸から血を噴き出して倒れた隊員。岳を助けようと手を差し伸べたために、浅寄の凶弾の餌食《えじき》となった警察官。辰野和馬の父。

手のひらに汗がにじむ。喉がからからに渇いてきた。

岳はこれから、この試合を通して過去と対決しなければならない。そう思うと、急に足の筋肉がこわばり、前へ進めないような気がした。息苦しさは防具のせいではない。父とふたりきりで閉じこめられたアパートの一室。その緊張感を思い出していた。鉛のように重くなった足を引きずり、試合場へと足を踏み入れる。視線を合わせて礼を交わし、竹刀を抜きつつ開始線へ進む。

試合がはじまった。

岳は和馬の眼を見た。瞳《ひとみ》の奥では青白い炎が燃えている。今までどれだけの相手を焼き尽くしてきたのだろう。今、その炎は憎しみを燃料にして勢いを増している。岳はあえて、炎のなかへと飛びこんだ。

竹刀が交わると同時に、甲手と面を連打する。和馬は竹刀をさばきながら、岳の呼吸を冷徹に観察している。

隙を突いて、和馬の剣が鞭《むち》のようにしなる。喉元へまっすぐに向かってくる剣先を、首をひねってすんでのところでかわす。防具を逸《そ》れた竹刀は喉の皮膚に突き刺さり、気管が封じられて呼吸が止まった。喉仏の軟骨がえぐられ、つぶれるのではないかと思うほどの激痛が走った。

腹の底で火が灯《とも》った。全身が脈打っている。あのときと同じだ。中学校の部室。青い眼。浅寄の喫《す》っていた煙草の臭い。苛立《いらだ》ちとよく似た衝動だった。

奥歯を噛みしめる。あれほど恐れていた浅寄の血が、騒ぎだそうとしている。

――落ち着け。

ここで衝動に身をまかせれば、浅寄と同じだ。それに、これは喧嘩《けんか》じゃない。剣道だ。顎《あご》の骨を伝わって、石のこすれるような音が聞こえてきた。歯ぎしりの音だった。衝動と理性が引き合う綱は張り詰め、きりきりと悲鳴をあげている。

和馬はすかさず竹刀を振りかぶり、体勢を崩した岳の甲手に叩きつけた。わざと手首のスナップを利かせていないせいで、力が逃げ場を失い、衝撃が右手首の骨まで走った。一本を取るためではない。身体を破壊するための打突だった。さらに残心を取ると見せての強烈な体当たりを食らい、後ろに数歩よろめいた。

和馬の剣道からは目に見えそうなほどの殺意を感じた。

激しく咳きこむ岳を見て、主審が「やめ」をかけた。和馬は素知らぬ顔で開始線に戻る。甲手を外すと、右手首が赤く腫《は》れていた。視界が明滅する。

どこからか橙色《だいだいいろ》の日が差した。違和感を覚えて周囲を見るが、光源は見当たらない。ここは屋内だし、夕暮れにはまだ早い。

和馬と向き合うと、その輪郭が夕刻の日差しに照らされていた。岳には見覚えがあった。あの日、アパートを脱出した岳が最初に見たもの。逆光で浮き上がる警官隊の影。そして最初に駆け寄ってきた無謀な警察官。

十二歳の夏と現在とが、交互にフラッシュバックする。

「はじめ」

再開と同時に、岳は面を打とうと跳んだ。

直後、視界から和馬が消えた。左足の脛《すね》を鋭く蹴《け》り上げられ、バランスを崩して前のめりになる。和馬の意図的な足掛けだった。

和馬と目が合い、体勢を崩した岳を嘲笑《ちょうしょう》したのがわかった。

視線が切れたときにはすでに、岳の意識はあの衝動に覆いつくされていた。身体の芯《しん》に殺意が宿るのを感じた。

岳は素早く身体を反転し、がむしゃらに面を打った。一転して攻勢に立った岳に動揺したのか、和馬は距離を取ろうとする。岳は大きく踏みこみ、怒りにまかせて肩から和馬にぶつかり、仰向《あおむ》けに倒れたところを滅多打ちにする。和馬は床を転がって逃れ、立ち上がってふたたび中段に構えた。

「やめ」たまりかねたように、主審が宣告した。

両者に反則が言い渡された。竹刀を手放したり、試合場の外に出れば反則を取られる。礼法にそぐわない行為も反則となる。反則が二度重なれば、自動的に相手の一本だ。極端に作法から外れれば、一発で負けになることもある。

喉も手首も脛も、痺《しび》れるように痛んだ。しかし気持ちは萎《な》えていない。むしろ、湧きあがる衝動のせいで痛みを忘れることができた。

対峙した和馬の姿が、機動隊員の制服に変わった。

視界がどろりと溶けていく。審判や観客が風景と一緒ににじむ。

ふたたび、意識があの日の夕刻に否応なく引き戻されていく。

中学一年生の岳は、Tシャツとジーンズを着ていた。アパートの廊下を懸命に走っている。母を呼ばなければ、とそれだけを考えている。母を呼んで、ふたりを話しあわせる。それしか解決策はない。アパートを出ると、警察官の隊列ができている。誰よりも早く駆け寄ってきた機動隊員が、岳に手を伸ばした。

隊員の顔には見覚えがある。

事件が起こる前に一度、岳はその機動隊員と会っている。

しかし記憶の地層を掘り起こす前に、浅寄が拳銃《けんじゅう》の引き金に指をかける。隊員の心臓から飛び散る血は岳に降りかかり、住宅街の風景を赤く染める。

母とふたりで最初の家を飛び出す前の記憶は、ところどころ抜けている。しかしきっと、それ以前にどこかで彼と会っている。岳を救ってくれた辰野泰文と。

正面に立っている男の顔が、機動隊員と二重写しになる。

過去にさかのぼっていた意識は、和馬の引き面で現実に引き戻された。副審ひとりの旗が上がっていたが、残りのふたりは旗を振った。三人の審判のうちふたりが旗を上げなければ、一本にはならない。命拾いした。

岳は和馬の目を正面から見て、炎の奥に心の中で話しかけた。

――思い出せ。

和馬は竹刀を構えたまま、動きを止めた。岳はそれを返答と受け取った。

足元に広がる湖が見えた。ふたりは澄みきった水の上に立っている。少しでも動けば、水面《みなも》に波紋が生まれる。互いの動きが手に取るようにわかった。審判も観客もいない。ここにいるのは、岳と和馬のふたりきりだった。

――俺たちは、どこかで会っている。

和馬は岳の呼びかけを否定するように、面へ跳んだ。足元の水が跳ね、しぶきが照明の光を受けてきらめく。水が飛び散り、目尻から流れ落ちた。

素足はぐっしょりと濡《ぬ》れていた。どこからか夕刻の日が差し、水面をきらきらと輝かせている。それはあの日、ひとりの機動隊員が立てこもり犯に撃たれた瞬間の日差しだった。

――記憶にない。

岳の打突を和馬はことごとく弾《はじ》く。足が動くたび、水音が面越しに聞こえた。

――思い出せんだけや。

——そんなこと、どうでもいい。

鍔競《つばぜ》り合いから同時に引き面を打つが、相打ちだった。ふたりとも全身に水を浴び、道着や袴から滴をしたたらせていた。身体が重い。少しでも重心を崩せば、水底《みなそこ》に沈んでしまいそうだ。足裏の感覚が研ぎ澄まされる。冷たい汗を背中にかいていた。

今度は和馬が言った。

——諦《あきら》めろ。お前は勝てない。

——それはわからん。

——わかるよ。俺は父親の代わりに闘っている。お前のせいで死んだ父親の代わりに。その相手に、お前は勝てるのか。勝ってもいいのか？

岳は竹刀を払い、強引に面を打った。夕刻の日が傾き、徐々に藍色《あいいろ》が濃くなっていく。

——俺たちは、そろそろ自分の人生を歩くべきなんや。

岳は和馬を通して己と闘っていた。和馬もまた、岳を通して己と闘っている。剣道をはじめたのは、すべてこの一試合のためだった。十五年前の八月八日から、この試合は運命づけられていた。

ふたたび和馬は連打に出た。橙から深い藍色に変わろうとする光のなかで竹刀を振るう。岳は防戦一方だった。周囲が暗くなるにつれて、和馬の眼のなかで燃える炎は勢いを増していく。

——父親が死んでから、ずっと地獄にいるんだよ。あの事件のせいで、いつまでも虚《むな》しさから抜け出せない。浅寄の息子にそれがわかるか。

鋭く突き出された竹刀を払い、岳は反撃に出た。突き返した剣先は狙いを外れて胴の胸飾りに当たった。血のような朱色の胴が、岳の衝動を呼び覚ます。まるで胸元から血が噴き出したようだった。

頭が真っ白になる。

ふたたび衝動が襲ってきた。抑えようのない凶暴さが、身のうちで雄叫《おたけ》びをあげていた。何も考えられない。ただ、身体がひとりでに動いていた。

攻めも駆け引きもなく、一心不乱に和馬の防具を打つ。あまりの力強さに、竹刀の破片が火花のように飛び散っていた。しかし和馬はこうなることを予感していたかのように、浴びせられる打突を冷静に受け、かわす。

日はいつの間にか沈んでいた。先ほどまできらめいていた水面も、今は黒い布をかぶせたように光を失っている。互いの姿もほとんど見えない暗闇で、和馬の眼光だけが青白く輝いていた。

——地獄の暗さを知っているか。

和馬が岳に呼びかけた。

――お前には、父親を殺された人間の気持ちはわからない。地獄で生きるには強くなければいけない。強くなければ、生きていけない。

自分の身体すら見えない闇のなかで、今度は逆に岳がめった打ちにされた。甲手や面に降りそそぐ竹刀をかろうじて防ぐ。息は上がっていた。

地獄なら、岳も知っているつもりだった。あの日、岳の胸には殺人者の息子という名札が貼り付けられた。名札に書かれた文字が見えないよう、みずから日の当たらない暗がりを選んできた。日の当たらない陰のなかは岳の本来の居場所のはずだった。

しかし今、闇のなかで岳は劣勢だった。和馬のほうがずっと暗闇に慣れている。岳には想像力が欠けていた。唐突に父を喪《うしな》った和馬の孤独を、実際よりはるかに小さく見積もっていたことを認めた。自分より暗い場所にいる人間など、存在しないと思っていた。

傲慢《ごうまん》だった。

喉を突かれ、手首を打たれて、初めてそのことに気づいた。視界は完全に遮断されている。飛び散る汗や唾《つば》、吐く息の熱さ、乾ききった舌、関節の疼痛《とうつう》。全身の感覚を研ぎ澄ましてもなお、和馬を打つことはできなかった。身体を丸めた岳は、ほとんど死に体だった。

――自分が誰よりも不幸だと思ってるのか？

和馬の声には体温が感じられなかった。

——絶望してるのはお前ひとりじゃないんだよ。

くるぶしを蹴られ、なす術《すべ》なく岳はよろめいた。和馬が力任せに竹刀を弾き飛ばした。竹刀を手放せば反則だ。二度目の反則を取られれば、和馬の一本になる。岳は左手の指で柄《つか》の先を握りしめて耐えた。

衝動だけでは和馬に勝つことはできない。意志がなければ力は単なる暴力だ。浅寄は暴力に呑まれた。同じ轍《てつ》は踏まない。

この闇は和馬の領域だ。ここから抜け出すきっかけがほしかった。

耳を澄ませば、足元から水音が聞こえる。ふたりはまだ水の上に立っている。岳は素足を浸す水の正体に気づいた。これは涙だった。和馬が今まで流してきた、果てしない涙の上に今、岳は立っている。

少しずつ、視認できないほどの緩やかさではあるが、今この瞬間も水位は上がり続けている。和馬はずっと泣いている。目に見える形で、あるいは目に見えない形で。最初から、岳は和馬の心のなかにいた。この暗闇は、和馬が抱える心象風景そのものだった。勝てないはずだ。ここは和馬そのものなのだから。

——聞け。

岳の呼びかけに、闇にひそむ和馬が応じた。

——聞いている。

和馬の竹刀を振るう手が止まる。岳は問いかけた。

——この暗がりの奥に、何があると思う。

——何もない。地獄はどこまで行っても暗いだけだ。

——ここは地獄とは違う。

和馬の返答はないが、岳の言葉を聞いている気配を感じた。岳は叫んだ。

——俺たちはもう、明るい場所に出ていい。

長い間、岳は陰のなかで生きてきた。地面に落とされた暗がりから出られず、同じ場所を巡っていた。和馬もまた、違う陰のなかにいた。そこに追いやられたきっかけは岳と同じだった。

ふたりは最初から同じような場所にいた。あらかじめ父が喪われていた岳と、唐突に父を喪った和馬は、どちらも剣を頼りにここまで生きてきた。その一点においてふたりは共鳴している。

孤独の波長がぴたりと重なった。

そのとき、上空から夜闇を裂くような光が差した。細い、線のような光だったが、それは確かに和馬の心を覆う夜を照らした。飛び散るしぶきが美しくきらめく。和馬は暗闇に慣れた眼を、反射的に細めた。瞳の炎がわずかに勢いを弱める。

やはり、頭より先に動いたのは身体だった。

岳の意志を乗せた竹刀は、炎を飛び越え、一頭の獣のように和馬の面へと躍りかかる。跳ねた水が無数の粒となって四方に飛び散る。

和馬はとっさに首をひねったが、すでに岳の竹刀が面に嚙みついていた。

「面あり」

試合場を見渡すと、三人の審判が白の旗を上げていた。


防具を外した岳は、好奇に満ちた視線に囲まれていた。まったくの無名選手が特練生たちを倒して優勝したことに、誰もが動揺を隠せない様子だった。視界の端にテレビカメラが見えた。

全身が汗で濡れそぼっている。重い身体を引きずり、岳は試合場の端で閉会式の準備をしている職員に歩み寄った。

「すみません」

はい、と答えた女性職員は困惑した表情だった。忙しいところを邪魔するなとでも言いたげに、顔をしかめている。

「さっき、段位無制限の部で優勝したんですけど」

「見てましたよ」

「全日本選手権には出場しません」

職員はしばらく沈黙し、怪訝《けげん》そうな表情で首をかしげた。「はい？」

「代表は別の人に譲ってください。とにかく、全日本には出ません。閉会式も欠席します。表彰してもらう必要もないんで」

さらに数秒黙りこみ、職員は「ちょっと待ってください」と言い残してどこかへ走り去った。岳は彼女が戻るのを待つこともなく、さっさと試合場を後にした。興奮の余韻が残る会場を横切り、廊下へ出る。素足で踏む廊下はひんやりと冷たかった。

二階への階段を上りきったところで、呼び止められた。

「待て」

息を切らした和馬が立っていた。まだ胴も垂《たれ》も外していない。眼は赤く充血していた。

「舐《な》めとんのか」

その態度で、和馬が早くも代表辞退のことを聞きつけたのだとわかった。

「同情のつもりか。お前の親父が殺した警察官の息子やから、だから譲ってるんか。こんな屈辱的なことされて、喜ぶと思ってるんか！」

しゃがれた声で叫ぶ和馬を、岳は冷静に見ていた。こいつも京都弁を話すんだな、と気がついた。

「勘違いすんな」

廊下には人がまばらだった。皆、ちらちらとふたりを見ている。入口から吹きこんだ風が涼しさを運んできた。

「俺は、自分のためにこの大会に出た。代表を断るんも自分のためや。別に譲ったんとちゃう。他の人間がどう受け取ろうが知らんし、関係ない。誰が代表になっても、そんなことはどうでもええんや」

和馬は言い終わるより先に、岳の道着の襟を両手でつかんだ。

「全日本出るために、どんだけ努力してると思ってるんや」

端整な目を剥《む》き、ひび割れた怒声を喉から絞り出す。唾が鼻先に飛んだ。

「人殺しの息子が、調子ええことばっかり言うなよ」

「俺は浅寄の人生を生きてるんやない。俺は、俺の人生を生きてるんや」

岳は相手に劣らない怒声を返した。初めて、自分の言葉で話したような気がした。

怒鳴りあうふたりの男たちはさらに人目を集めた。知り合いらしき壮年の男が「辰野。どうしたんや」と声をかけたが、和馬は無視した。じきに男はため息をついて去っていった。

和馬の手に、さらに力が入る。気道が拳《こぶし》で圧迫された。

「お前に負けたとは思ってへん。自分に負けたんや」

だとしたら、岳はこの試合で自分に勝つことができただろうか。

わからない。

わかるのは、目の前でいきり立っている和馬に対して抱く奇妙な親近感だけだった。

――俺はずっと、寂しかったのか。

「来年も出るんか」

問いかけは、ようやく聞こえるほどの小さな声だった。

「勝負に二度目はないやろ」

すかさず岳が答えると、なぜか和馬は笑った。彼の笑顔を見るのは初めてだった。

和馬はためらいつつ、岳の襟から手を離した。

「確かに、勝負に二度目はないな」

和馬はゆっくりと背を向けると、最後に一度だけ振り返り、試合場へと消えた。和馬はこれからも剣を捨てることはないだろう。彼は己という最も高い峰を登っている。和馬なら、それすら制してしまうかもしれない。

試合場からアナウンスが聞こえた。間もなく閉会式がはじまるという。観客席に控えていた選手たちが、すぐそばをすり抜けて階下へと降りていく。アナウンスはしきりに「亀岡剣連の倉内選手」を呼び出している。岳は人の流れに逆らい、出口へ向かった。

これから岳は京都を離れる。和馬と会うことは二度とないかもしれない。それでも今日の試合のことは、生きている限り忘れないだろう。あの一戦は、過去の岳を埋葬するための儀式だった。儀式は終わった。

父がかけた絆の呪いは消えた。

二階の出入口から、敷地内に植えられた木々が見えた。昨夜《ゆうべ》の雨で濡れた葉は、晴天の下でほとんど乾いている。葉先についた水滴は誰かの涙のようだった。

青々とした葉から、最後のひとしずくが落ちた。

エピローグ

いつもの体育館では、道着袴《はかま》の面々が稽古《けいこ》の開始を待っていた。

舞台の手前で、数人の小学生が試合で使う紅白の襷《たすき》を取り合い、じゃれあっている。息子の和馬もそのなかにいた。保護者はおしゃべりに夢中で注意する気配もない。千冬は不在だった。

「おい、やめとけ。ケガするで」

泰文が近づくと、子どもたちは何事もなかったかのようにじゃれあうのをやめ、走って逃げた。最年少の和馬だけが逃げ遅れて、その場に残された。まだ道着を着慣れないせいか、首の後ろを爪でぼりぼりと掻《か》いている。

和馬は今年の春、小学生になったばかりだ。生まれたときから息子には剣道を習わせようと決めていた。妻の千冬には「親のエゴ」と言われたが、それを言うならそろばん塾やスイミングスクールに通わせることだって、親のエゴでしかない。

息子に一生涯剣道をやってほしいとは思っていない。それは本人が決めることだ。ただ、泰文が夢中になっている剣道に、一度は触れてほしかった。そのうえで本人が嫌だというのなら仕方がない。

「もうすぐ稽古はじまるから、おとなしく待っとき」

返事はない。和馬はあさってのほうを見ている。「返事は」と促すと、「面白くない」と拗《す》ねた答えが返ってきた。

和馬はまだ防具もつけたことがない初心者だ。稽古は摺《す》り足と素振りだけだから、退屈なのは泰文も内心理解している。しかしどんな競技も、最初は単調で退屈なものだ。

「面白くないんは最初だけや。もう少し頑張り」

更衣室で着替えを済ませて戻ると、見学希望の母子《おやこ》が来ていた。母親はおそらく三十代前半。連れている息子は和馬より年上だろう。身長が高く、体つきもがっしりとしている。スポーツ経験でもあるのだろうか。

その日は指導係の大人が泰文しかいなかったため、代表して挨拶《あいさつ》をした。

「コーチって肩書きでやらしてもらってます、辰野です」

母親が頭を下げた。「浅寄といいます」

「お子さんは？」

「浅寄岳です」

隣にいた子どもがお辞儀をした。前髪の長さが不揃いで、素人が切ったとすぐにわかる。着ているシャツは染みが目立った。一重の眼や薄い唇は母親とは似ていないから、父親似なのかもしれない。よく見ると、母親の着ているニットには大量の毛玉がついている。

「チラシか何かで見られたんですか」

「ええ。なんでもいいから、習い事をさせたくて」

住んでいる地域を聞くと、この道場からそれほど近いとは言えなかった。自転車で二十分はかかるだろう。沈黙の気まずさをかき消すように、母親が言った。

「お恥ずかしいんですが……その、あまり余裕がなくて」

言わせてしまった、と泰文は悔いた。予想していた答えだった。

この愛好会は、ありていに言えば安上がりだ。生徒の月謝は千円。子どもたちの指導係は大人が交代で務めることになっている。全員が無償のボランティアだ。集めた月謝は合宿や遠征の補助に充てている。

保護者の誰かが渡したのか、母親の手には武道具店のパンフレットがあった。

「でも竹刀とか、防具とか、値が張るんですね。やっぱり無理かな」

「一応、初心者の子にはそれ用の防具を用意してるんですよ。他の子の道着のおさがりもあるかも。竹刀だけは買ってもらってますけど」

励ましたが、母親の顔は浮かない。経済的な心配が尽きないようだ。岳と名乗った子どものほうは、かたわらでじっと立っている。泰文は彼の腕が長いことに気がついた。上背もある。懐の深い剣道ができそうだ。

「よかったら、今から素振りだけでもしてみませんか」

岳の目が光った。興味を示している。しかし、母親の顔は曇ったままだった。

「着替えもないですし……」

「そのままでいいですよ。まずは体験してほしいんです」

母親は少しだけ逡巡《しゅんじゅん》して、「それやったら」と岳を送り出した。

できれば泰文がつきっきりで教えてやりたかったが、指導しなければならないのは岳や和馬だけではない。今日は指導係が泰文しかいないため、防具をつけての指導に回ることにした。和馬を呼び、岳に竹刀を貸すように言う。

「摺り足と素振りやったら、教えられるやろ。今日は一緒に練習しろ」

はーい、と和馬は気の抜けた返事をした。岳は二、三歳は年上に見えるが、和馬は臆《おく》することなく「じゃあ、こっちで」と先導している。あの調子なら問題ないだろう。

泰文は防具袋から愛用の胴を取り出した。朱色の漆で塗られた胴は特注だ。普段ほとんど金を使わない泰文の持ち物のなかでは、唯一と言っていいほどの高級品だった。特練生の榊には「赤い胴は子どもっぽいですよ」と言われたが、泰文はこの色にこだわった。

〈赤心〉という言葉が好きだった。偽りのない真心、という意味だ。胴の色はその言葉にちなんだものだった。

防具をつけ、稽古をはじめてから三十分ほど経ったころ、竹刀のぶつかりあう音に交じって和馬の声が聞こえてきた。素振りの掛け声かと思って気に留めていなかったが、間もなく保護者のひとりに「辰野さん！」と呼ばれた。

振り向くと、ギャラリーに道着袴の小さい人影があった。和馬だ。

ギャラリーは、本来は窓の開け閉《た》てや清掃に使う通路だが、階段の鍵《かぎ》を管理人が施錠していないせいか、誰でも入れるようになっている。和馬は時おり稽古をサボり、そこに忍びこんでいた。何度注意しても直らない悪癖だ。

「何しとんねん！　降りてこい！」

叫ぶと、和馬は平然と「面白くない」と言った。狭い通路の端まで歩き、そこで足を止める。やめろ、と怒鳴ったが、逆効果だったのかもしれない。

六歳の和馬は身軽に柵《さく》をよじ登り、危なっかしい足取りで柵の外側に立った。足元は十センチほど張り出しているだけで、少しバランスを崩せば階下へ真っ逆さまだ。和馬が頭からフロアに落ちる場面を想像して血の気が引いた。

「動くなよ！」

ギャラリーに上がる階段へ向かおうとしたそのとき、和馬が柵から手を離した。左右にぐらぐらと身体が揺れる。保護者が悲鳴をあげた。

階下で受け止めたほうがいいか。今から二階へ上がって間に合うか。躊躇《ちゅうちょ》しているうちに、ギャラリーにもうひとつの人影が現れた。人影は全力で和馬のほうへ駆ける。染みのついたシャツを着た少年は、見学希望の岳だった。

岳がすぐそこまで近づいたとき、和馬は「あ」と声を発した。右足が空《くう》を踏んでいた。息子が数メートル下のフロアに叩《たた》きつけられる情景が目に浮かぶ。

泰文が階下で受け止めるために真下へ駆け寄ると同時に、岳が和馬の道着の襟首を両手でつかんでいた。急いで和馬を引き寄せた岳は、その場にへたりこんだ。危うく落下するところだったとようやく気がついた和馬は、柵につかまって大声で泣きはじめた。

泰文は防具をつけたままギャラリーへと駆け、甲手《こて》を外した手で和馬を抱きあげて、柵の内側へ戻した。岳は呆然《ぼうぜん》とした表情でそれを見ていた。彼自身、まだ状況を飲みこめていないようだった。

「ありがとう」

泣きじゃくる和馬を抱えたまま、泰文は岳に頭を下げた。

「助けてくれんかったら、大変なことになってた」

岳はうつむいた。恥ずかしがったり、照れたりするそぶりもない。むしろ居心地が悪そうだった。もしかしたらこの子は、誰かに感謝されるという経験が乏しいのかもしれない。

「きみに何かあったら、今度は俺が助けるからな」

そう告げると、岳はうつむいたまま首を縦に振った。

和馬の道着は涙で濡《ぬ》れていた。ずっしりと重い。赤ん坊のころは三、四キロしかなかったのに、こんなに大きくなったのか、と改めて驚く。

いずれ、この出来事を和馬も岳も忘れてしまうかもしれない。長い人生のなかでは取るに足らない出来事かもしれない。

それでも泰文だけは、ここで起こったことを絶対に忘れない、と誓った。

〈主要参考文献〉

阿部恭子『息子が人を殺しました　加害者家族の真実』（幻冬舎新書）
鈴木伸元『加害者家族』（幻冬舎新書）
酒井肇、酒井智恵、池埜聡、倉石哲也
『犯罪被害者支援とは何か
附属池田小事件の遺族と支援者による共同発信』（ミネルヴァ書房）
「剣道日本」２０１０年7月号〜２０１１年5月号
「警察剣道『特練』の世界」（スキージャーナル）
朝日新聞デジタルＳＥＬＥＣＴ
『等身大のヤマト運輸　セールスドライバー同乗記』（朝日新聞社）
京都府剣道連盟ホームページ
http://www.kyoto-kenren.or.jp/

本書は、二〇一九年四月に小社より刊行された単行本を加筆修正のうえ、文庫化したものです。

本書はフィクションであり、実在の個人・団体とは無関係であることをお断りいたします。

夏《なつ》の陰《かげ》

岩《いわ》井《い》圭《けい》也《や》

令和4年 4月25日　初版発行
令和6年 9月20日　3版発行

発行者●山下直久

発行●株式会社KADOKAWA
〒102-8177　東京都千代田区富士見2-13-3
電話　0570-002-301(ナビダイヤル)

角川文庫 23148

印刷所●株式会社KADOKAWA
製本所●株式会社KADOKAWA

表紙画●和田三造

ISBN 978-4-04-112443-7　C0193

◆◇◇

角川文庫発刊に際して

角川源義

第二次世界大戦の敗北は、軍事力の敗北であった以上に、私たちの若い文化力の敗退であった。私たちの文化が戦争に対して如何に無力であり、単なるあだ花に過ぎなかったかを、私たちは身を以て体験し痛感した。西洋近代文化の摂取にとって、明治以後八十年の歳月は決して短かすぎたとは言えない。にもかかわらず、近代文化の伝統を確立し、自由な批判と柔軟な良識に富む文化層として自らを形成することに私たちは失敗して来た。そしてこれは、各層への文化の普及滲透を任務とする出版人の責任でもあった。

一九四五年以来、私たちは再び振出しに戻り、第一歩から踏み出すことを余儀なくされた。これは大きな不幸ではあるが、反面、これまでの混沌・未熟・歪曲の中にあった我が国の文化に秩序と確たる基礎を齎らすためには絶好の機会でもある。角川書店は、このような祖国の文化的危機にあたり、微力をも顧みず再建の礎石たるべき抱負と決意とをもって出発したが、ここに創立以来の念願を果すべく角川文庫を発刊する。これまで刊行されたあらゆる全集叢書文庫類の長所と短所とを検討し、古今東西の不朽の典籍を、良心的編集のもとに、廉価に、そして書架にふさわしい美本として、多くのひとびとに提供しようとする。しかし私たちは徒らに百科全書的な知識のジレッタントを作ることを目的とせず、あくまで祖国の文化に秩序と再建への道を示し、この文庫を角川書店の栄ある事業として、今後永久に継続発展せしめ、学芸と教養との殿堂として大成せんことを期したい。多くの読書子の愛情ある忠言と支持とによって、この希望と抱負とを完遂せしめられんことを願う。

一九四九年五月三日

角川文庫ベストセラー

朧《おぼろづき》月市役所妖怪課
河童コロッケ
青柳碧人

朧《おぼろづき》月市役所妖怪課
号泣箱女
青柳碧人

朧月市役所妖怪課
妖怪どもが夢のあと
青柳碧人

綾志別《あやしべつ》町役場妖怪課
すべては雪の夜のこと
青柳碧人

判決はＣＭのあとで
ストロベリー・マーキュリー殺人事件
青柳碧人

希望を胸に自治体アシスタントとなった宵原秀也は、赴任先の朧月市役所で、怪しい部署に配属となった。妖怪課――町に跋扈する妖怪と市民とのトラブル処理が仕事らしいが⁉　汗と涙の青春妖怪お仕事エンタ。

秀也の頑張りで少しずつチームワークが出てきた妖怪課の前に、謎の民間妖怪退治会社〈揺炎魔女計画〉が現れた。妖怪に対する考え方の違いから対立することになるが、その背後には大きな陰謀が……⁉

妖怪課職員としての勤務も残りわずかとなった秀也は、自らの将来、そして、自分を慕う同僚のゆいとの関係に悩んでいた。そんな中、凶悪妖怪たちが次々と現れる異常事態が⁉　秀也、朧月の運命は――⁉

北海道綾志別町の自治体アシスタントとなった宵原秀也。彼を追ってやってきた恋人の日名田ゆいとともに、事件の真相を追うが、そこにはロシアに繋がる大きな秘密が⁉　北国の妖怪課の事件簿、感動の解決編！

裁判がテレビ中継されるようになった日本。番組から誕生した裁判アイドルは全盛を極め、裁判中継がエンタテインメントとなっていた。そんな中、裁判員として注目の裁判に臨むことになった生野悠太だったが⁉

角川文庫ベストセラー

厭世マニュアル　阿川せんり

くにさきみさと、フリーター、札幌在住、常にマスク着用のため自称〝口裂け女〟。そんな彼女は、自らのトラウマ生成にまつわる人々と向き合うことを決意した。衝撃のラストが待ち受ける、反逆の青春小説！

行きたくない　加藤シゲアキ・阿川せんり・渡辺優・小嶋陽太郎・奥田亜希子・住野よる

人気作家6名による夢の競演。誰だって「行きたくない」時がある。幼馴染の別れ話に立ち会う高校生、生徒の愚痴を聞く先生、帰らない恋人を待つOL——それぞれの所在なさにそっと寄り添う書き下ろし短編集。

教室が、ひとりになるまで　浅倉秋成

北楓高校で起きた生徒の連続自殺。ショックから不登校になっている幼馴染みの自宅を訪れた垣内は、彼女から「三人とも自殺なんかじゃない。みんな殺された」と告げられ、真相究明に挑むが……。

フラッガーの方程式　浅倉秋成

何気ない行動を「フラグ」と認識し、日常をドラマに変える〝フラッガーシステム〟。モニターに選ばれた涼一は、気になる同級生・佐藤さんと仲良くなれるのではと期待する。しかしシステムは暴走して⁉

ノワール・レヴナント　浅倉秋成

他人の背中に「幸福偏差値」が見える。本の背をなぞって内容をすべて記憶する。毎朝5つ、今日聞く台詞を予知する。念じることで触れたものを壊す。奇妙な能力を持つ4人の高校生が、ある少女の死の謎を追う。

角川文庫ベストセラー

少女は夜を綴らない　逸木　裕

「人を傷つけてしまうのではないか」という強迫観念をなだめるため、身近な人間の殺害計画を「夜の日記」に綴る中学3年生の理子。秘密を知る少年・悠人に脅され、彼の父親の殺害を手伝うことになるが――。

季節はうつる、メリーゴーランドのように　岡崎琢磨

男女だけど「親友」の夏樹と冬子。日常の謎解きという共通の趣味で2人は誰よりもわかり合えていた。しかし夏樹は冬子に片想いしていて……驚愕のエンディングに、あなたはきっと、目を瞠る。

さよなら僕らのスツールハウス　岡崎琢磨

シェアハウス「スツールハウス」は、日常の謎に満ちている。なかでも新築当時からの住人、鶴屋素子には大きな秘密が。各部屋の住人たちの謎、そして素子の謎が明かされたとき、浮かび上がる驚愕の真実とは⁉

ファミリー・レス　奥田亜希子

「家族か、他人か、互いに好きなほうを選ぼうか」ふた月に1度だけ会う父娘、妻の家族に興味を持てない夫。家族と呼ぶには遠すぎて、他人と呼ぶには近すぎる――現代的な〝家族〟を切り取る珠玉の短編集。

つれづれ、北野坂探偵舎　心理描写が足りてない　河野　裕

異人館が立ち並ぶ神戸北野坂のカフェ「徒然珈琲」にはいつも、背を向け合って座る二人の男がいる。一方は元編集者の探偵で、一方は小説家だ。物語を創るように議論して事件を推理するシリーズ第1弾！

角川文庫ベストセラー

今夜、きみは火星にもどる
小嶋陽太郎

「私、火星人なの」――。そう語る佐伯さんの必死なまなざしに僕は恋をした。親しくなっても彼女の事情はわからないまま、別れの時が近づき……行き場のない想いを抱えた高校生たちの青春小説。

後宮に月は満ちる
金椛国春秋
篠原悠希

男子禁制の後宮で、女装して女官を務める遊圭。表向きの命は、皇太后の娘で引きこもりのぽっちゃり姫・麗華の健康回復。けれど麗華はとんでもない難敵！後宮の陰謀を探るという密命も課せられた遊圭は……。

後宮に日輪は蝕す
金椛国春秋
篠原悠希

皇太后の陰謀を食い止めた功績を買われ、女装で後宮潜入中の少年・遊圭は、皇帝の妃嬪候補に選ばれることに。それは無理！と焦る遊圭だが、滞在中の養生院で、原因不明の火災に巻き込まれ……。

幻宮は漠野《ばくや》に誘《いざな》う
金椛国春秋
篠原悠希

皇帝の代替わりの際、殉死した一族の生き残り・遊圭は、女装で後宮を生き延び、知恵と機転で法を廃止させ、晴れて男子として生きることに。のはずが、またもや女装で異国の宮廷に潜入することとなり……。

青春は探花を志す
金椛国春秋
篠原悠希

現皇帝の義理の甥として、平穏な日常を取り戻した遊圭。しかしほのかに想いを寄せる明々が、国士太学に通う御曹司に嫌がらせを受けていると知り、彼と同等の立場になるため、難関試験の突破を目指すが……。

角川文庫ベストセラー

月下氷人
金桃国春秋外伝
篠原悠希

ついに明々と結ばれた遊圭は束の間の休日を過ごすが、心に掛かるある遺恨があった。遊圭たちの入宮前、玄月・凜々・陽元たちはどのような人生を送り、後宮で出逢ったのか。シリーズファン必読の短編4作！

天涯の楽土
篠原悠希

古代日本、九州。平和な里で暮らしていた隼人は、他邦の急襲で少年奴隷となる。家族と引き離され、見知らぬ邑で出会ったのは、鬼のように強い剣奴の少年・鷹士。運命の2人の、壮大な旅が幕を開ける！

ナラタージュ
島本理生

お願いだから、私を壊して。ごまかすこともそらすこともできない、鮮烈な痛みに満ちた20歳の恋。もうこの恋から逃れることはできない。早熟の天才作家、若き日の絶唱というべき恋愛文学の最高作。

一千一秒の日々
島本理生

仲良しのまま破局してしまった真琴と哲、メタボな針谷にちょっかいを出す美少女の一紗、誰にも言えない思いを抱きしめる瑛子――。不器用な彼らの、愛おしいラブストーリー集。

クローバー
島本理生

強引で女子力全開の華子と人生流され気味の理系男子・冬治。双子の前にめげない求愛者と微妙にズレてる才女が現れた！ でこぼこ4人の賑やかな恋と日常。キュートで切ない青春恋愛小説。

角川文庫ベストセラー

波打ち際の蛍　島本理生

DVで心の傷を負い、カウンセリングに通っていた麻由は、蛍に出逢い心惹かれていく。彼を想う気持ちと不安。相反する気持ちを抱えながら、麻由は痛みを越えて足を踏み出す。切実な祈りと光に満ちた恋愛小説。

B級恋愛グルメのすすめ　島本理生

自身や周囲の驚きの恋愛エピソード、思わず頷く男女間のギャップ考察、ラーメンや日本酒への愛、同じ相手との再婚式レポート……出産時のエピソードを文庫書き下ろし。解説は、夫の小説家・佐藤友哉。

シルエット　島本理生

人を求めることのよろこびと苦しさを、女子高生の内面から鮮やかに描く群像新人文学賞優秀作の表題作と15歳のデビュー作他1篇を収録する、切なくていとおしい、等身大の恋愛小説。

リトル・バイ・リトル　島本理生

ふみは高校を卒業してから、アルバイトをして過ごす日々。家族は、母、小学校2年生の異父妹の女3人。習字の先生の柳さん、母に紹介されたボーイフレンドの周、2番目の父――。「家族」を描いた青春小説。

生まれる森　島本理生

失恋で傷を負い、夏休みの間だけ一人暮らしを始めたわたし。再会した高校時代の友達や彼女の家族と触れ合いながら、わたしの心は次第に癒やされていく。少女時代の終わりを瑞々しい感性で描く記念碑的作品。

角川文庫ベストセラー